U0739741

陕西师范大学教师教育教材建设项目

中华经典乐舞诗词选读

党允彤　编著

线装书局

图书在版编目（CIP）数据

中华经典乐舞诗词选读 / 党允彤编著 . —北京：线装书局，2018. 7

ISBN 978 -7 -5120 -3252 -1

Ⅰ. ①中… Ⅱ. ①党… Ⅲ. ①诗词—诗歌欣赏—中国—古代 Ⅳ. ①I207. 2

中国版本图书馆 CIP 数据核字（2018）第 132237 号

中华经典乐舞诗词选读

编　　著：党允彤

责任编辑：于建平

出版发行：线装書局

地　址：北京市丰台区方庄日月天地大厦 B 座 17 层（100078）

电　话：010 -58077126（发行部）010 -58076938（总编室）

网　址：www. zgxzsj. com

经　　销：新华书店

印　　制：北京市金星印务有限公司

开　　本：880mm ×1230mm　1/32

印　　张：8

字　　数：179 千字

版　　次：2018 年 7 月第 1 版第 1 次印刷

印　　数：0001—3000 册

线装书局官方微信

定　　价：45. 00 元

序

◇吕艺生

我已读过党允彤以前的书了，如果我没有弄错，这本《中华经典乐舞诗词选读》，当是继她《舞蹈传说与典故》之后，又一本弘扬中华传统文化，树立舞蹈文化自信的新作。

中国第一代舞蹈史家王克芬走了。她的走象征着一代中国舞史研究的结束。他们是在欧阳予倩、吴晓邦直接指导下成长起来的，在浩翰的历史文献中将有关乐舞内容提取出来，把洋洋几千年中华舞蹈史整理编撰出来，这是一件功在千秋的大事，望着那现已形成的五大册厚重的《中国古代舞蹈通史》，真让人感到自豪。在告别王克芬老师时我就在暗暗思忖，下一步中国舞蹈史的研究者们都有谁？该研究些什么？我想到王老师那几位史家亲手培养的新一代，学生们又培养了学生，还有其他导师们如我的学生党允彤等，这已是很强大的力量。因此见到党允彤这一书稿，我不但未感意外，反而更增强了我对中国舞蹈史研究的信心。噢！中国古代舞蹈史研究后继有人啊！《中华经典乐舞诗词选读》这本书虽然规模不大，内容也可能还有偏失，但它的意义还是悠远的。

党允彤，生于长安，长于长安，长安的历史特别是长安的古代舞蹈史，孕育了喜爱历史的她。原来我就知道，她在成为我的硕士研究生前，就深受西安李开方和费秉勋的影响，他们也是中国早期研究舞蹈史的专家。她在北京舞蹈学院就读时，其舞蹈史老师便是王克芬的弟子袁禾。因此，党允彤能编著这样的著述便是自然的事了。

舞蹈界在古代乐舞的研究中，曾出版过与乐舞有关的唐诗、宋词，它们已成为人们研究古代乐舞的重要参考内容，甚至具有考证古代舞蹈形态与动作的重要作用。这本《中华经典乐舞诗词选读》除了唐诗宋词外，历史范围有重要的扩展，上溯到周代、汉魏及南朝时期。所选作品很具舞蹈研究价值，通过那些简短而优美的诗词及对它们的简单解析，古人的舞蹈、生活、艺术和思想，都随着那一支支优美的舞蹈与舞人活动而复生。也让今人和后人能够凭借这些史载做出对舞蹈本质的适当判断和分析。

我在已经去世的叶宁先生在《中国大百科全书·音乐舞蹈卷》的条目中，曾看到她对中国古代舞蹈形态的判断，认为中国古代舞蹈大都是写意，即表现性的，这一点与西方恰好相反。我按她的判断对中外舞蹈史进行了考察，结果完全证实了这一判断。要知道，这一判断对我后来对舞蹈学和当代舞蹈艺术发展的研究起到重要的作用。我相信，党允彤们这类著述，必然也会起到这样的作用。

在祝贺这部著述出版发行的同时，我预祝党允彤在光大中华舞蹈文化的路程中越走越宽广，再创新的佳绩！

目录

国风·王风·君子阳阳

君子阳阳，左执簧，右招我由房。其乐只且！
君子陶陶，左执翿，右招我由敖。其乐只且！

【注释】

1. 君子：指舞师。一说妻称夫。
2. 阳阳：扬扬得意、喜气洋洋的样子。
3. 簧：古时的一种吹奏乐器，竹制，似笙而大。
4. 我：君子的同事。一说妻。
5. 由房：房中乐。一说为游乐。
6. 只且（jū）：语气助词，没有实义。
7. 陶陶：和乐舒畅。
8. 翿（dào）：歌舞所用道具，用五彩野鸡羽毛做成，扇形。
9. 由敖：当为舞曲名，可能即《骜夏》。一说游遨。

【赏析】

《国风》是《诗经》的一部分，大抵是周初至春秋间各诸侯国华夏族的民间诗歌。《君子阳阳》一说描写东周乐官奏乐歌舞，一说是丈夫邀妻子一起跳舞。

国风·邶风·简兮

简兮简兮，方将万舞。日之方中，在前上处。

硕人俣俣，公庭万舞。有力如虎，执辔如组。

左手执籥，右手秉翟。赫如渥赭，公言锡爵。

山有榛，隰有苓。云谁之思？西方美人。彼美人兮，西方之人兮。

【注释】

1. 邶（bèi）：中国周代诸侯国名，在今河南省汤阴县东南。

2. 简：一说鼓声，一说形容舞师武勇之貌。

3. 万舞：舞名。

4. 方中：正好中午。

5. 硕人：身材高大的人。

6. 俣（yǔ）俣：魁梧健美的样子。

7. 公庭：公爵的庭堂。

8. 辔（pèi）：马缰绳。

9. 组：丝织的宽带子。

10. 籥（yuè）：古乐器。三孔笛。

11. 翟（dí）：野鸡的尾羽。

12. 渥（wò）：厚。

13. 赭（zhě）：赤褐色，赭石。

14. 锡：赐。

15. 爵：青铜制酒器，用以温酒和盛酒。

16. 隰（xí）：低的湿地。

17. 苓（líng）：一说甘草，一说苍耳，一说黄药，一说地黄。

18. 西方：西周地区。卫国在西周的东面。

19. 美人：指舞师。

【赏析】

此诗赞美了舞师，描述了壮观的表演场面。卫国宫廷举行大型乐舞活动，舞师武舞时雄壮勇猛，文舞时雍容优雅，最后倾诉了对舞师的赞赏与慕悦。

国风·陈风·东门之枌

东门之枌，宛丘之栩。子仲之子，婆娑其下。
榖旦于差，南方之原。不绩其麻，市也婆娑。
榖旦于逝，越以鬷迈。视尔如荍，贻我握椒。

【注释】

1. 枌（fén）：木名。白榆。
2. 栩（xǔ）：柞树。
3. 子仲：陈国的姓氏。
4. 婆娑：舞蹈。
5. 榖（gǔ）：良辰，好日子。
6. 差（chāi）：选择。
7. 南方之原：到南边的原野去相会。
8. 绩：把麻搓成线。
9. 市：集市。
10. 逝：往，赶。
11. 越以：作语助。
12. 鬷（zōng）：会聚，聚集。
13. 迈：走，行。
14. 荍（qiáo）：锦葵。草本植物，夏季开紫色或白色花。
15. 贻：赠送。

16. 握：一把。

17. 椒：花椒。

【赏析】

宋朱熹《诗集传》曰：“此男女聚会歌舞，而赋其事以相乐也。”春天在陈国的郊野，一群美丽的人儿，跳着飘逸优美的舞蹈，以曼妙的舞姿吸引着对方的目光。

国风·陈风·宛丘

子之汤兮，宛丘之上兮。洵有情兮，而无望兮。
坎其击鼓，宛丘之下。无冬无夏，值其鹭羽。
坎其击缶，宛丘之道。无冬无夏，值其鹭翿。

【注释】

1. 宛丘：四周高中间平坦的土山。
2. 子：你，这里指女巫。
3. 汤（dàng）："荡"之借字。这里是舞动的样子。
4. 洵：确实，实在是。
5. 有情：尽情欢乐。
6. 望：德望。一说观望；一说望祀；一说仰望。
7. 坎其：即"坎坎"，描写击鼓声。
8. 无：不管，不论。
9. 值：持或戴。
10. 鹭羽：用白鹭羽毛做成的舞蹈道具。
11. 缶（fǒu）：瓦制的打击乐器。
12. 鹭翿（dào）：用鹭羽制作的伞形舞蹈道具。

【赏析】

《宛丘》描述了一位男子对巫女舞蹈家的爱慕之情，全诗三章，每章四句，首章开篇两句写为巫女优美奔放的舞姿而陶醉，情随舞起，而巫女径直欢舞，似乎没有察觉那观赏者心中涌动的情愫，这使诗人惆怅地发出了“洵有情兮，而无望兮”的慨叹。第二、三章全用白描手法，但所描绘的巫舞场景，仍处处可感到诗人情之所系。在欢腾热闹的鼓声、缶声中，巫女不断地旋舞着，诗人也一直在用满含深情的目光看着她欢舞。全诗一开始以“汤”字凸现出舞之欢快，与“无望”二字凸现出爱之悲怆，互相映射。人们读此诗时，虽然对诗人所流露的一腔痴情有深切感受，但更吸引注意力的，恐怕还是那无休无止、洋溢着生命的飞扬欢舞，令人体会到一种生命力。

季札观乐·襄公二十九年

左丘明

吴公子札来聘。……请观于周乐。使工为之歌《周南》《召南》，曰："美哉！始基之矣，犹未也，然勤而不怨矣。为之歌《邶》《鄘》《卫》，曰："美哉，渊乎！忧而不困者也。吾闻卫康叔、武公之德如是，是其《卫风》乎？"为之歌《王》曰："美哉！思而不惧，其周之东乎！"为之歌《郑》，曰："美哉！其细已甚，民弗堪也。是其先亡乎！"为之歌《齐》，曰："美哉，泱泱乎！大风也哉！表东海者，其大公乎？国未可量也。"为之歌《豳》，曰："美哉，荡乎！乐而不淫，其周公之东乎？"为之歌《秦》，曰："此之谓夏声。夫能夏则大，大之至也，其周之旧乎！"为之歌《魏》，曰："美哉，沨沨乎！大而婉，险而易行，以德辅此，则明主也！"为之歌《唐》，曰："思深哉！其有陶唐氏之遗民乎？不然，何忧之远也？非令德之后，谁能若是？"为之歌《陈》，曰："国无主，其能久乎！"自《郐》以下无讥焉！

为之歌《小雅》，曰："美哉！思而不贰，怨而不言，其周德之衰乎？犹有先王之遗民焉！"为之歌《大雅》，曰："广哉！熙熙乎！曲而有直体，其文王之德乎？"

为之歌《颂》，曰："至矣哉！直而不倨，曲而不屈；迩而不逼，远而不携；迁而不淫，复而不厌；哀而不愁，乐而不荒；用而不匮，广而不宣；施而不费，取而不贪；处而不底，行而不流。五声和，八风平；节有度，守有序。盛德之所同也！”

见舞《象箾》《南籥》者，曰：“美哉，犹有憾！”见舞《大武》者，曰：“美哉，周之盛也，其若此乎？”见舞《韶濩》者，曰：“圣人之弘也，而犹有惭德，圣人之难也！”见舞《大夏》者，曰：“美哉！勤而不德。非禹，其谁能修之！”见舞《韶箾》者，曰：“德至矣哉！大矣，如天之无不帱也，如地之无不载也！虽甚盛德，其蔑以加于此矣。观止矣！若有他乐，吾不敢请已！”

【注释】

1. 吴公子札：即季札，吴王寿梦之子。
2. 工：乐工。
3. 始基之：开始奠定了基础。
4. 邶（bèi）：周代诸侯国，在今河南汤阴县东南。
5. 鄘（yōng）：周代诸侯国，在今河南新乡市南。
6. 卫：周代诸侯国，在今河南淇县。
7. 康叔：周公的弟弟，卫国开国君主。
8. 武公：康叔的九世孙。
9. 《王》：即《王风》，周平王东迁洛邑后的乐歌。
10. 郑：周代诸侯国，在今河南新郑一带。
11. 细：琐碎。这里用音乐象征政令。
12. 表东海：为东海诸侯国作表率。
13. 大公：太公，指国开国国君吕尚，即姜太公。
14. 豳（bīn）：西周公刘时的旧都，在今陕西彬县东北。

15. 荡：博大的样子。

16. 周公之东：指周公东征。

17. 夏：西周王畿一带。

18. 夏声：正声，雅声。

19. 魏：诸侯国名，在今山西芮县北。

20. 沨沨（féng）：轻飘浮动的样子。

21. 险：不平，这里指乐曲的变化。

22. 唐：在今山西太原。晋国开国国君叔虞初封于唐。

23. 陶唐氏：指帝尧。晋国是陶唐氏旧地。

24. 令德之后：美德者的后代，指陶唐氏的后代。

25. 陈：国都宛丘，在今河南淮阳。

26. 郐（kuài）：在今河南郑州南，被郑国消灭。

27. 讥：批评。

28. 《小雅》：指《诗·小雅》中的诗歌。

29. 先王：指周代文、武、成、康等王。

30. 《大雅》：指《诗·大雅》中的诗歌。

31. 熙熙：和美融洽的样子。

32. 《颂》：指《诗经》中的《周颂》《鲁颂》和《商颂》。

33. 五声：指宫、商、角、徵、羽。

34. 八风：指金、石、丝、竹、匏、土、革、本做成的八类乐器。

35. 守有序：乐器演奏有一定次序。

36. 《象箾（xiāo）》：舞名，武舞。

37. 《南籥（yuè）》：舞名，文舞。

38. 《大武》：周武王的乐舞。

39. 《韶濩（hù）》：商汤的乐舞。

40. 《大夏》：夏禹的乐舞。

41. 修：作。

42. 《韶箾》：虞舜的乐舞。

43. 帱（dào）：覆盖。

44. 蔑：无，没有。

【赏析】

此文出自《春秋左传》（儒家经典之一），记叙了季札出使鲁国，鲁国人为他表演周王室的乐舞的场景。

周礼·春官宗伯第三（节选）

周公旦

大司乐：中大夫二人。

乐师：下大夫四人，上士八人，下士十有六人，府四人，史八人，胥八人，徒八十人。

大胥：中士四人。

小胥：下士八人，府二人，史四人，徒四十人。

……

大司乐：掌成均之法，以治建国之学政，而合国之子弟焉。凡有道者、有德者，使教焉；死则以为乐祖，祭于瞽宗。以乐德教国子：中，和，祗，庸，孝，友。以乐语教国子：兴，道，讽，诵，言，语。以乐舞教国子舞《云门》《大卷》《大咸》《大磬》《大夏》《大濩》《大武》。以六律、六同、五声、八音、六舞、大合乐。以致鬼、神、祇，以和邦国，以谐万民，以安宾客，以说远人，以作动物。乃分乐而序之，以祭，以享，以祀。乃奏黄钟，歌大吕，舞《云门》，以祀天神。乃奏大蔟，歌应钟，舞《咸池》，以祭地祇。乃奏姑洗，歌南吕，舞《大磬》，以祀四望。乃奏蕤宾，歌函钟，舞《大夏》，以祭山川。乃奏夷则，歌小吕，舞《大濩》，以享先妣。乃奏无射，歌夹钟，舞《大武》，以享先祖。凡六乐音，文之以五声，播之以八音。凡六乐者，一变而致羽物及川泽之祇，再变而致裸物及山林之祇，三变而致鳞物及丘陵之祇，四变而致毛物及坟衍之祇，五变而致介物及土祇，六变而致象物及天神。凡乐，圜钟为宫，黄钟为角，大蔟为徵，姑洗为羽，雷鼓、雷鼗，孤竹之管；云和之琴瑟，《云门》之舞。冬日至，于地上之圜丘奏之，若乐六变，则天神皆降，可得而礼矣。凡乐，函钟为宫，大蔟为角，姑洗为徵，南吕为羽，灵鼓、灵鼗，孙竹之管，空桑之琴瑟，《咸池》之舞。夏日至，于泽中之方丘奏之，若乐八变，则地祇皆出，可得而礼矣。凡乐，黄钟为宫，大吕为角，大蔟为徵，应钟为羽，路鼓、路鼗，阴竹之管，龙门之琴瑟，《九德》之歌，《九磬》之舞，于宗庙之中奏之，若乐九变，则人鬼可得而礼矣。凡乐事，大祭祀，宿县，遂以声展之。王出入，则令奏《王夏》；尸出入，则令奏《肆夏》；牲出入，则令奏《昭夏》，帅国子而舞，大飨不入牲。其他，皆如祭祀。大射，王出入，令奏《王夏》；及射，令奏《驺虞》，诏诸侯以弓矢舞。王大食，三宥，皆令奏钟鼓。王师大献，则令奏恺乐。凡日月食，四镇五岳崩，大傀异灾，诸侯薨，令去乐。大札、大凶、火灾、大臣死，凡国之大忧，令弛县。凡建国，禁其淫声、过声、凶声、慢声。大丧，莅廞乐器。及葬，藏乐器，亦如之。

乐师：掌国学之政，以教国子小舞。凡舞，有帗舞，有羽舞，有皇舞，有旄舞，有干舞，有人舞。教乐仪，行以《肆夏》，趋以《采荠》，车亦如之。环拜以钟鼓为节。凡射，王以《驺虞》为节，诸侯以《狸首》为节，大夫以《采蘋》为节，士以《采蘩》为节。凡乐，掌其序事，治其乐政。凡国之小事用乐者，令奏钟鼓。凡乐成，则告备，诏来瞽皋舞。诏及彻，帅学士而歌彻，令相。飨食诸侯，序其乐事，令奏钟鼓，令相，如祭之仪。燕射，帅射夫以弓矢舞，乐出入，令奏钟鼓。凡军大献，教恺歌，遂倡之。凡丧，陈乐器，则帅乐官。及序哭，亦如之。凡乐官，掌其政令，听其治讼。

大胥：掌学士之版，以待致诸子。春入学舍采，合舞。秋颁学，合声。以六乐之会正舞位，以序出入舞者，比乐官，展乐器。凡祭祀之用乐者，以鼓征学士，序宫中之事。

小胥：掌学士之征令而比之。觵其不敬者，巡舞列而挞其怠慢者。正乐县之位，王宫县，诸侯轩县，卿大夫判县，士特县。辨其声，凡县钟磬，半为堵，全为肆。

【注释】

1. 春官宗伯：是中国古代官名，西周置，位次三公，为六卿之一，掌邦礼。

2. 大司乐：周代官名，乐官之长，掌承均之法。（董仲舒曰“成均，五帝之学”）亦指周代音乐机构，负责乐教和制礼作乐，培养对象主要是王室和贵族子弟，教习内容为雅乐《六大舞》和《六小舞》，学时 7 年。

3. 乐师：周代官名，乐官之属，掌国学之政，亦称小乐正，与大司乐（大乐正）通称乐正，均以乐官而兼学官，大司乐为长官而专教大学，乐师则与师氏、保氏教小学。

4. 大胥：周代官名，乐官之属，掌学士的版籍，按籍召令入学。

5. 小胥：周代官名，乐官之属，掌学士之征令。

【赏析】

《周礼》是中国古代一部通过官制来表达治国方案的著

作，是儒家主要经典之一。包括天官、地官、春官、夏官、秋官、冬官等六篇，故本名《周官》，又称《周官经》。西汉成帝时，刘歆校理秘府所藏书籍，才将《周官》列入书目，但缺冬官一篇，遂以《考工记》补足。王莽建立新朝，始改《周官》为《周礼》，并宣称这是周公居摄时所制订的典章制度。自东汉末年郑玄作注后，与《仪礼》《礼记》并列为《三礼》。《周礼》所涉及内容极为丰富，大至天下九州、天文历象；小至沟洫道路、草木虫鱼。其中春官宗伯涉及周代礼乐制度与内容。

尚书·益稷（节选）

夔曰："戛击鸣球、搏拊、琴、瑟、以咏。"祖考来格，虞宾在位，群后德让。下管鼗鼓，合止柷敔，笙镛以间。鸟兽跄跄；箫韶九成，凤皇来仪。夔曰："于！予击石拊石，百兽率舞。"

庶尹允谐，帝庸作歌。曰："敕天之命，惟时惟几。"乃歌曰："股肱喜哉！元首起哉！百工熙哉！"皋陶拜手稽首飏言曰："念哉！率作兴事，慎乃宪，钦哉！屡省乃成，钦哉！"乃赓载歌曰："元首明哉，股肱良哉，庶事康哉！"又歌曰："元首丛脞哉，股肱惰哉，万事堕哉！"帝拜曰："俞，往钦哉！"

【注释】

1. 夔：人名。相传舜时的乐官。

2. 戛：敲击，弹奏。

3. 鸣球：一种乐器，就是玉磬。

4. 搏拊：外面用皮革制作，里面装满糠的打击乐器。

5. 祖考：祖考之神，祖先和亡父的灵魂。

6. 格：至。神降临。

7. 虞：禹舜的宾客，指前代帝王的后裔，来作舜的宾客。

8. 群后：各个诸侯国君。

9. 管：竹制的管乐器。

10. 鼗：又写作“鞉”。一种小鼓。

11. 合止：合乐止乐。

12. 柷：一种打击乐器。形状像漆桶，中间有椎，乐曲开始时先击柷。

13. 敔：一种打击乐器。形状像伏虎，背上有二十七鉏铻。乐曲结束时击奏。

14. 笙：一种管乐器。大笙十九簧，小笙十三簧。

15. 镛：大钟。

16. 跄跄：这里指扮演飞禽走兽跳舞。

17. 《箫韶》：舜时的乐舞名。

18. 九成：郑玄说：“成，犹终也。每曲一终，必变更奏。若乐九变，人鬼可得礼。”意思是演奏乐曲要变更九次才算结束。

19. 凤皇来仪：扮演凤凰舞队成双成队的出来作舞。

20. 于：叹词。

21. 石：石磬。

22. 拊：轻击。

23. 庶：众。

24. 尹：正，官长。

25. 允：进。

26. 谐：通“偕”。

27. 庸：用。因此。

28. 敕：《尔雅·释诂》：“劳也。”

29. 时：通“是”。代词。

30. 几：将近，接近。

31. 工：通“功”，事情。

32. 熙：兴盛。

33. 拜手：古代的一种跪拜礼。双膝下跪，两手前伸，叩头到手。

34. 稽首：古代的一种跪拜礼。双膝下跪，两手前伸，叩头到地。

35. 飏：《史记·夏本纪》作“扬”。继续。

36. 率：统率。

37. 乃：你的。

38. 宪：法度。

39. 屡：多次，数次。

40. 省：省察。

41. 赓：继续。

42. 康：安。

43. 丛脞：细碎，烦琐。

【赏析】

《尚书》是儒家经典之一，是中国上古历史文献和部分追述古代事迹的著作。《尚书·益稷》记录了舜和禹、皋陶的讨论并相互告诫的场面。以上是第四段和第五段，记叙了庙堂祭祀乐舞的盛况，以及君臣唱和、相互勉励。

九 歌

屈 原

东皇太一

吉日兮辰良，穆将愉兮上皇；
抚长剑兮玉珥，璆锵鸣兮琳琅；
瑶席兮玉瑱，盍将把兮琼芳；
蕙肴蒸兮兰藉，奠桂酒兮椒浆；
扬枹兮拊鼓，疏缓节兮安歌；陈竽瑟兮浩倡；
灵偃蹇兮姣服，芳菲菲兮满堂；
五音纷兮繁会，君欣欣兮乐康。

【注释】

1.《东皇太一》：是楚人祭祀天神中最尊贵的神的乐歌，表达了对天神的虔诚和尊敬。全诗分三节，首写选择吉日良辰，怀着恭敬的心情祭祀天神；次写祭祀场面，着重写祭品的丰盛，歌舞的欢快；最后写对天神的祝愿。

2. 辰良：即良辰的倒文。

3. 穆：肃穆恭敬的样子。

4. 珥：耳饰，此指古代剑柄的顶端部分，又称剑镡、剑鼻子。

5. 瑶：美玉名，这里形容坐席质地精美。

6. 玉瑱（zhèn）：压席的玉器。瑱通“镇”。

7. 将把：指摆设的动作。将：举。把：把持。

8. 琼芳：形容花色鲜美如玉。

9. 肴蒸：祭祀用的肉。

10. 枹（fú）：鼓槌。

11. 竽：笙类吹奏乐器，有三十六簧。

12. 瑟：琴类弹奏乐器，有二十五弦。

13. 灵：楚辞中“灵”或指神，或指巫。

14. 偃蹇（yǎn jiǎn）：舞貌，谓舞姿袅娜。

15. 五音：指宫、商、角、徵、羽五种音阶。

16. 繁会：音调繁多，交响合奏。

云中君

浴兰汤兮沐芳，华采衣兮若英；
灵连蜷兮既留，烂昭昭兮未央；
謇将憺兮寿宫，与日月兮齐光；
龙驾兮帝服，聊翱游兮周章；
灵皇皇兮既降，猋远举兮云中；
览冀洲兮有余，横四海兮焉穷；
思夫君兮太息，极劳心兮忡忡！

【注释】

1.《云中君》：是祭祀云神的乐歌。在中国古代神话里，云神和雨师往往合二而一。云行雨施，祭云也就是求雨。本篇生动地描写了群巫扮云神出现时的场面和祭者的赞颂、景慕及对神的依恋之情。

2. 灵：指云中君。

3. 连蜷（quán）：回环宛曲的样子。

4. 烂昭昭：光明灿烂的样子。

5. 未央：未尽。

6. 謇（jiǎn）：发语词。

7. 憺（dàn）：安。

8. 皇皇：同煌煌，光明灿烂的样子。

9. 猋（biāo）：疾速。举：高飞。

10. 冀州：古代中国分为冀、兖、青、徐、扬、荆、豫、梁、雍九州，冀州为九州之首，因以代指全中国。

11. 太息：即叹息。

12. 忡忡（chōng）：心神不定的样子。

湘君

君不行兮夷犹，蹇谁留兮中洲；
美要眇兮宜修，沛吾乘兮桂舟；
令沅湘兮无波，使江水兮安流；
望夫君兮未来，吹参差兮谁思；
驾飞龙兮北征，邅吾道兮洞庭；
薜荔柏兮蕙绸，荪桡兮兰旌；
望涔阳兮极浦，横大江兮扬灵；
扬灵兮未极，女婵媛兮为余太息；
横流涕兮潺湲，隐思君兮陫侧；
桂櫂兮兰枻，斫冰兮积雪。
采薜荔兮水中，搴芙蓉兮木末。

心不同兮媒劳，恩不甚兮轻绝。
石濑兮浅浅，飞龙兮翩翩。
交不忠兮怨长，期不信兮告余以不闲。
朝骋骛兮江皋，夕弭节兮北渚。
鸟次兮屋上，水周兮堂下。
捐余玦兮江中，遗余佩兮澧浦。
采芳洲兮杜若，将以遗兮下女。
时不可兮再得，聊逍遥兮容与。

【注释】

1.《湘君》：与下篇《湘夫人》同是祭祀湘水神的乐歌。旧说湘君指舜，湘夫人指舜之二妃娥皇、女英。传说舜帝南巡，死葬苍梧，二妃追至洞庭，投水而死，成为湘水女神。本篇以湘夫人的口气表现了对湘君的怀恋。第一节写湘夫人对湘君的怀念，第二节写湘夫人对湘君失约的失望与哀怨，第三节写湘夫人亲迎湘君而不遇的怨恨，第四节写湘夫人的决绝之情和内心矛盾。

2. 夷犹：犹豫不前的样子。

3. 要眇（yāo miǎo）：美好的样子。

4. 沅湘：沅江、湘江。

5. 参差（cēn cī）：即排箫，相传为舜所造，其状如凤翼参差不齐，故名参差。

6. 飞龙：指刻画着龙的快船。

7. 邅（zhān）：楚方言，转弯，改变方向。

8. 薜荔（bì lì）：一种蔓生的常绿灌木。

9. 涔（cén）阳：地名，在涔水北岸，今湖南省醴县有涔阳浦。

10. 极：终极，引申为到达。

11. 潺湲（chán yuán）：水不停流动的样子，这里形容流泪之貌。

12. 棹（zhào）：船桨。

13. 搴（qiān）：拔。

14. 媒劳：媒人徒劳无用。

15. 石濑（lài）：沙石间的流水。

16. 浅浅：水快速流动的样子。

17. 骋骛（chěng wù）：急速奔走。

18. 次：栖宿。

19. 捐：抛弃。

20. 玦（jué）：圆形而有缺口的佩玉。与“决”同音，有表示决断、决绝之义。

21. 芳洲：生长芳草的水洲。

22. 聊：姑且。

23. 逍遥：徘徊。

24. 容与：缓慢不前的样子。

湘夫人

帝子降兮北渚，目眇眇兮愁予。
袅袅兮秋风，洞庭波兮木叶下。
登白薠兮骋望，与佳期兮夕张。
鸟何萃兮蘋中，罾何为兮木上？
沅有芷兮澧有兰，思公子兮未敢言。
荒忽兮远望，观流水兮潺湲。
麋何食兮庭中，蛟何为兮水裔？
朝驰余马兮江皋，夕济兮西澨。

闻佳人兮召予，将腾驾兮偕逝。
筑室兮水中，葺之兮荷盖。
荪壁兮紫坛，播芳椒兮成堂。
桂栋兮兰橑，辛夷楣兮药房。
罔薜荔兮为帷，擗蕙櫋兮既张。
白玉兮为镇，疏石兰兮为芳。
芷葺兮荷屋，缭之兮杜衡。
合百草兮实庭，建芳馨兮庑门。
九嶷缤兮并迎，灵之来兮如云。
捐余袂兮江中，遗余褋兮澧浦。
搴汀洲兮杜若，将以遗兮远者。
时不可兮骤得，聊逍遥兮容与。

【注释】

1. 《湘夫人》：是以湘君的口气表现对湘夫人的怀恋。第一节写湘君盼望会见湘夫人的迫切心情及会见落空后的内心惆怅，第二节写湘君对湘夫人的痴情和未来幸福的渴盼，第三节写湘君的决绝之情和希望。

2. 帝子：湘君称湘夫人之词，因为湘夫人是帝尧的女儿，所以称为帝子。

3. 袅袅（niǎo）：微风吹拂的样子，这里形容秋风微弱。

4. 白薠（fán）：一种秋天生长的小草，湖泽岸边多有之。

5. 萃（cuì）：聚集。

6. 蘋（pín）：水草名。

7. 罾（zēng）：鱼网。此言鸟为什么聚集水草上，鱼网为什么挂在树上。

8. 芷（zhǐ）：白芷，香草名。

9. 荒忽：同恍惚，模糊不清。

10. 麋（mí）：驼鹿。

11. 济：渡。

12. 腾驾：飞快地驾车。

13. 葺（qì）：原指茅草苫盖房屋，此指盖房屋。

14. 荪壁：用荪草装饰墙壁。荪：香草名。

15. 桂栋：用桂木做正梁。

16. 擗（pǐ）：拆开。

17. 镇：同"瑱"，压坐席的玉瑱。

18. 杜衡：香草名。马兜铃科、细辛属多年生草本植物。

19. 九嶷：即九嶷山，又名苍梧山。这里的九嶷，指九嶷山的众神。

20. 褋（dié）：禅衣，指贴身穿的汗衫之类。

21. 搴（qiān）：拔取。

大司命

广开兮天门，纷吾乘兮玄云。
令飘风兮先驱，使涷雨兮洒尘。
君回翔兮以下，逾空桑兮从女。
纷总总兮九州，何寿夭兮在予！
高飞兮安翔，乘清气兮御阴阳。
吾与君兮齐速，导帝之兮九坑。
灵衣兮被被，玉佩兮陆离。
一阴兮一阳，众莫知兮余所为。
折疏麻兮瑶华，将以遗兮离居。

老冉冉兮既极，不寖近兮愈疏。
乘龙兮辚辚，高驰兮冲天。
结桂枝兮延伫，羌愈思兮愁人。
愁人兮奈何！愿若今兮无亏。
固人命兮有当，孰离合兮可为？

【注释】

1. 大司命：是古人心目中掌管人类寿夭、生死的天神。这首诗由男觋饰大司命，女巫饰人间凡女，通过相互对唱，表现了大司命降落人间，与人间凡女相爱，又独自返回天宫的故事。

2. 纷：多貌，形容玄云。玄云：黑云。

3. 飘风：即旋风。

4. 君：对大司命的尊称。

5. 回翔：像鸟儿一样盘旋飞翔。

6. 逾：越过。

7. 纷总总：盛多的样子。言九州人口众多。

8. 阴阳：指天地间的阴阳二气，以上四句为男觋扮大司命唱。

9. 九坑：即九州，泛指人世间。这两句为女巫唱。

10. 被被：同披披，飘动的样子。

11. 一阴一阳：或阴或阳，变幻莫测。

12. 遗（wèi）：赠给。

13. 冉冉（rǎn）：渐渐。

14. 辚辚：车声。这两句为大司命唱，言大司命乘龙车高飞，返回天宫。

15. 延伫（zhù）：长久地站立。

16. 若今兮无亏：犹言及时珍重。

17. 固：本来。

18. 当：定规。

19. 可为：可以掌握。以上六句为女巫唱，表示对大司命高飞而去的依恋.

少司命

秋兰兮麋芜，罗生兮堂下。
绿叶兮素枝，芳菲菲兮袭予。
夫人兮自有美子，荪何以兮愁苦。
秋兰兮青青，绿叶兮紫茎。
满堂兮美人，忽独与余兮目成。
入不言兮出不辞，乘回风兮载云旗。
悲莫悲兮生别离，乐莫乐兮新相知。
荷衣兮蕙带，儵而来兮忽而逝。
夕宿兮帝郊，君谁须兮云之际。
与女沐兮咸池，晞女发兮阳之阿。
望美人兮未来，临风怳兮浩歌。
孔盖兮翠旍，登九天兮抚彗星。
竦长剑兮拥幼艾，荪独宜兮为民正。

【注释】

1. 少司命：是掌管人的子嗣后代的天神。全诗是主祭男觋的唱词，开头六句和结尾四句是对少司命的正面赞颂，说她时刻关心人的子嗣问题，中间部分描写了人神恋爱，从另一方面表现了这位女神的温柔与多情。

2. 麋（mí）芜：麋，同“蘼”。蘼芜，香草名，七八月间开白花，香气浓郁。

3. 罗生：并列而生。

4. 素华：即白花。

5. 菲菲：形容香气浓郁。

6. 予：主祭男觋自称。

7. 荪：香草名，借指少司命。

8. 青青：通“菁菁（jīng）”。草木茂盛的样子。

9. 美人：指参加祭礼的人们。

10. 入不言兮出不辞：少司命进来时不说话，离开时没有告辞。

11. 儵（shū）：同“倏”，忽然。逝：离去。

12. 帝郊：指天国的郊野。

13. 晞（xī）：晒干。

14. 阳之阿：向阳的山窝。

15. 怳（huǎng）：失意的样子。

16. 彗星：俗称扫帚星，古人认为是灾星。

17. 竦（sǒng）：执，举起。

东君

暾将出兮东方，照吾槛兮扶桑。
抚余马兮安驱，夜皎皎兮既明。
驾龙辀兮乘雷，载云旗兮委蛇。
长太息兮将上，心低佪兮顾怀。
羌声色兮娱人，观者憺兮忘归。

组瑟兮交鼓，箫锺兮瑶簴。
鸣篪兮吹竽，思灵保兮贤姱。
翾飞兮翠曾，展诗兮会舞。
应律兮合节，灵之来兮蔽日。
青云衣兮白霓裳，举长矢兮射天狼。
操余弧兮反沦降，援北斗兮酌桂浆。
撰余辔兮高驰翔，杳冥冥兮以东行。

【注释】

1.《东君》：祭祀日神的乐歌。全诗分三部分，开头十句为巫者扮演的东君，唱道太阳从东方升起及流连故居的心情。中间八句为女巫的唱词，正面叙写祭祀日神歌舞场面的繁盛，表现了人们的爱慕。结尾六句为巫者扮演的东君的唱词，写太阳神的自述，描写东君由中天而西行时除暴诛恶的义举，以及成功后的喜悦。

2. 暾（tūn）：初升的太阳。

3. 委蛇（yí）：即逶迤，舒卷蜿蜒的样子。

4. 顾怀：眷顾怀恋。顾：回头看。

5. 憺（dàn）：安乐，这里有迷恋的意思。

6. 縆（gēng）瑟：绷紧琴瑟上的弦。

7. 篪（chí）：竹制的吹奏乐器，形似笛，有八孔。

8. 翾（xuān）飞：鸟儿轻飞滑翔的样子。

9. 蔽日：形容神灵众多，遮天蔽日。

10. 青云衣兮白霓裳：以青云为衣，白霓为裳。

11. 弧：木弓，这里也是星名。

12. 东行：是说太阳白天在空中西行，夜晚在大地背面赶回东方，是屈原超现实的想象。

河伯

与女游兮九河，冲风起兮扬波。
乘水车兮荷盖，驾两龙兮骖螭。
登昆仑兮四望，心飞扬兮浩荡。
日将暮兮怅忘归，惟极浦兮寤怀。
河伯鱼鳞屋兮龙堂，紫贝阙兮硃宫；灵何为兮水中？
乘白鼋兮逐文鱼，与女游兮河之渚，流澌纷兮将来下。
子交手兮东行，送美人兮南浦。
波滔滔兮来迎，鱼邻邻兮媵予。

【注释】

1. 《河伯》：祭祀河神的乐歌。祭祀河神由来久远，殷墟出土甲骨文即有“祭于河”的记载。古代黄河经常泛滥成灾，人们无力征服，于是采取安抚的办法。这首祀河之歌正是这种办法的曲折反映。也有人认为是河伯与洛水女神的恋爱故事。

2. 九河：黄河的总名。传说大禹治水到兖州，把河水分为九道。

3. 骖（cān）：古时用四匹马驾车，中间的两匹马叫服，两边的两匹马叫骖，这里作动词用。

4. 怅忘归：此句意为太阳将落，我们迷恋景色忘记了返回住地。

5. 鱼鳞屋：以鱼鳞做瓦的房屋。

6. 灵：指河伯。

7. 文鱼：有斑纹的鱼。

8. 流澌：即流水。一说“流澌”是融解的冰块。

9. 子：指河伯。

10. 媵（yìng）：古代陪嫁的女子叫“媵”，这里作动词用，陪伴的意思。

山鬼

若有人兮山之阿，被薜荔兮带女萝。
既含睇兮又宜笑，子慕予兮善窈窕。
乘赤豹兮从文狸，辛夷车兮结桂旗。
被石兰兮带杜衡，折芳馨兮遗所思。
余处幽篁兮终不见天，路险难兮独后来。
表独立兮山之上，云容容兮而在下。
杳冥冥兮羌昼晦，东风飘兮神灵雨。
留灵修兮憺忘归，岁既晏兮孰华予？
采三秀兮于山间，石磊磊兮葛蔓蔓。
怨公子兮怅忘归，君思我兮不得闲。
山中人兮芳杜若，饮石泉兮荫松柏，
君思我兮然疑作。
雷填填兮雨冥冥，猨啾啾兮狖夜鸣。
风飒飒兮木萧萧，思公子兮徒离忧。

【注释】

1.《山鬼》：祭祀山神的乐歌，因非正神，故称鬼。不少学者认为诗中所写的山中女神就是传说中的巫山神女瑶姬。全诗表现了山中女神对美好爱情的向往和失恋后的忧伤凄苦情态。开头八句写山鬼的出场、装束、神态和乘车赴约的情景，中间十二句写山鬼不见情人赴约的内心活动，最后七句渲染了山鬼失恋的痛苦。

2. 女萝：地衣类隐花植物，又名松萝。

3. 含睇（dì）：含情微视。

4. 赤豹：毛色红褐的豹。

5. 被石兰：用石兰做车盖。

6. 幽篁（huáng）：幽暗的竹林。

7. 容容：通“溶溶”。水流貌，这里形容云气浮动的样子。

8. 杳（yǎo）：深远。

9. 留灵修：即为灵修而留。灵修：指山鬼思念的人。

10. 三秀：灵芝草，一年三次开花，故称“三秀”。

11. 公子：亦指山鬼思念的人。

12. 饮石泉：饮山石间的泉水。言饮食的芳洁。

13. 然疑作：半信半疑。

14. 狖（yòu）：黑色长尾猿。

15. 离忧：遭受忧伤。离通“罹”，遭受。

国殇

操吾戈兮披犀甲，车错毂兮短兵接。
旌蔽日兮敌若云，矢交坠兮士争先。
凌余阵兮躐余行，左骖殪兮右刃伤。
霾两轮兮絷四马，援玉枹兮击鸣鼓。
天时怼兮威灵怒，严杀尽兮弃原野。
出不入兮往不反，平原忽兮路超远。
带长剑兮挟秦弓，首身离兮心不惩。

诚既勇兮又以武，终刚强兮不可凌。
身既死兮神以灵，魂魄毅兮为鬼雄。

【注释】

1. 国殇：指为国牺牲的将士，从《东皇太一》到《山鬼》，所祭都是自然界中的神祇，独《国殇》是祭人间为国牺牲的将士。诗中前十句写激烈而悲壮的战斗场面，后八句悼念将士为国捐躯，颂扬他们至死不屈的英雄精神。

2. 犀甲：用犀牛皮制成的铠甲，最为坚韧。

3. 旌（jīng）：旌旗，旗的通称。

4. 骖（cān）：古时用四匹马驾车，中间的两匹叫服，两旁的两匹叫骖。

5. 絷（zhí）：绊住。

6. 怼（duì）：怨恨。

7. 反：同“返”。

8. 秦弓：秦地制造的弓。

9. 诚：实在是。

10. 不可凌：言战士宁死不屈，志不可夺。

11. 神以灵：精神不死，神魂显灵。

礼魂

成礼兮会鼓，传芭兮代舞，姱女倡兮容与。
春兰兮秋鞠，长无绝兮终古。

【注释】

1. 《礼魂》：是礼成送神之辞。魂也就是神，它包括九歌前十篇所祭祀的天地神祇和人鬼，诗中描写了祭礼完成时载歌载舞的热烈场面。

2. 传芭（bā）：互相传递花朵。芭同“葩”，初开的花朵。

3. 姱（kuā）：美好。

4. 长无绝：永不断绝。

【赏析】

《九歌》相传是夏代乐歌，后遗落民间，在祭神时演唱和表演，战国楚人屈原将其改编加工成诗歌，诗中创造了大量神的形象，共十一篇，描写了神灵间的眷恋，表现出深切的思念或所求未遂的伤感。近代闻一多先生曾将《九歌》解为一出大型歌舞剧。春秋战国时期的楚国地处江汉流域，保存了许多古老的风俗。楚人迷信鬼神，“巫舞”最盛，水平也高，影响深远。东汉人王逸《楚辞章句》指出楚人信巫，有以歌舞乐神的民间风俗，同时也指出屈原的《九歌》是在民间祭祀乐歌基础上创作的。因此我们可以从《九歌》中，了解当时楚国民间巫歌巫舞的一些情况。

吕氏春秋·仲夏纪·古乐

乐所由来者尚也，必不可废。有节，有侈，有正，有淫矣。贤者以昌，不肖者以亡。

昔古朱襄氏之治天下也，多风而阳气畜积，万物散解，果实不成，故士达作为五弦瑟，以来阴气，以定群生。昔葛天氏之乐，三人操牛尾，投足以歌八阕：一曰载民，二曰玄鸟，三曰遂草木，四曰奋五谷，五曰敬天常，六曰达帝功，七曰依地德，八曰总万物之极。昔陶唐氏之始，阴多，滞伏而湛积，水道壅塞，不行其原，民气郁阏而滞著，筋骨瑟缩不达，故作为舞以宣导之。

昔黄帝令伶伦作为律。伶伦自大夏之西，乃之阮隃之阴，取竹于嶰溪之谷，以生空窍厚钧者，断两节间——其长三寸九分——而吹之，以为黄钟之宫，吹曰舍少。次制十二筒，以之阮隃之下，听凤皇之鸣，以别十二律。其雄鸣为六，雌鸣亦六，以比黄钟之宫，适合；黄钟之宫皆可以生之。故曰：黄钟之宫，律吕之本。黄帝又命伶伦与荣将铸十二钟，以和五音，以施英韶。以仲春之月，乙卯之日，日在奎，始奏之，命之曰咸池。

帝颛顼生自若水，实处空桑，乃登为帝。惟天之合，正风乃行，其音若熙熙、凄凄、锵锵。颛顼好其音，乃令飞龙作，效八风之音，命之曰承云，以祭上帝。乃令鱓先为乐倡。

鱓乃偃寝，以其尾鼓其腹，其音英英。帝喾命咸黑作为声，歌九招、六列、六英。有倕作为鼙、鼓、钟、磬、吹苓、管、埙、篪、鼗、椎、钟。帝喾乃令人抃，或鼓鼙、击钟磬、吹苓、展管篪。因令凤鸟、天翟舞之。帝喾大喜，乃以康帝德。

帝尧立，乃命质为乐。质乃效山林溪谷之音以歌，乃以麋辂置缶而鼓之，乃拊击石，以象上帝玉磬之音，以致舞百兽。瞽叟乃拌五弦之瑟，作以为十五弦之瑟。命之曰大章，以祭上帝。舜立，命延，乃拌瞽叟之所为瑟，益之八弦，以为二十三弦之瑟。帝舜乃令质修九招、六列、六英，以明帝德。禹立，勤劳天下，日夜不懈。通大川，决壅塞，凿龙门，降通漻水以导河，疏三江五湖，注之东海，以利黔首。于是命皋陶作为夏籥九成，以昭其功。

殷汤即位，夏为无道，暴虐万民，侵削诸侯，不用轨度，天下患之。汤于是率六州以讨桀罪。功名大成，黔首安宁。汤乃命伊尹作为大护，歌晨露，修九招、六列，以见其善。周文王处岐，诸侯去殷三淫而翼文王。散宜生曰："殷可伐也。"文王弗许。周公旦乃作诗曰："文王在上，于昭于天。周虽旧邦，其命维新。"以绳文王之德。武王即位，以六师伐殷。六师未至，以锐兵克之于牧野。归，乃荐俘馘于京太室，乃命周公为作大武。成王立，殷民反，王命周公践伐之。商人服象，为虐于东夷。周公遂以师逐之，至于江南。乃为"三象"，以嘉其德。故乐之所由来者尚矣，非独为一世之所造也。

【注释】

1. 尚：久远。

2. 朱襄氏：传说中远古部落名，其首领为炎帝。

3. 士达：朱襄氏之臣。

4. 投足以歌八阕：投足，顿足，踏着脚。八阕指舞乐的八章。

5. 伶伦：传说为黄帝的乐官。

6. 律：古代定音用的竹制律管，相传为伶伦所制造。

7. 阮隃之阴：昆仑山的北面。

8. 吹曰舍少：吹出来的声音叫“舍少”，舍少是模拟黄钟管的声音。

9. 十二律：中国古代乐制中，以一个八度分为十二个不完全相等的半音，每个半音称为一“律”。

10. 雄鸣为六，雌鸣亦六：指六阳律与六阴律（黄钟、太簇、姑洗、蕤宾、夷则、无射；大吕、夹钟、仲吕、林钟、南吕、应钟）。

11. 若水：水名。空桑，地名。

12. 熙熙、凄凄、锵锵：象声词，形容风声。

13. 承云：古乐名。

14. 乃令鱓（shàn）：鱓，水生动物。倡，始。偃（yǎn）寝，仰卧。

15. 英英：形容乐声和盛。

16. 抃（biàn）：两手相击。

17. 天翟：神话中的天鸟。翟，长尾巴的野鸡。

18. 康：褒扬，赞美。

19. 麋辂：麋鹿的皮革。

20. 缶：盛酒浆的瓦器，小口大腹。

21. 拊：击，拍。

22. 象：模仿。

23. 瞽叟：舜的父亲。

24. 降通漻（liáo）水以导河：降：大。漻水：指洪水。河：黄河。

25. 于是命皋陶作为夏籥九成：皋陶，禹的大臣，传说在舜时掌管刑狱之事。夏籥，古乐名。九成，即九段，又称“九奏”“九变”。

26. 轨度：法度。

27. 三淫：指暴君纣王所做的三件残忍的事情——“剖比干之心、断材士之股、刳孕妇之胎”。

28. 翼：辅助，拥戴。

29. 于：叹词，表示赞叹。

30. 绳：赞誉。

31. 乃荐俘馘于京太室：荐，献。俘馘，指被歼之敌。馘，从敌尸上割下来的左耳。京，国都。太室，太庙中室。

32. 服：役使，驾驭。

【赏析】

《吕氏春秋》是在秦国丞相吕不韦主持下，集合门客们编撰的一部黄老道家名著，共分十二纪、八览、六论，二十六卷，一百六十篇，二十余万字。其中十二纪是全书的大旨所在，有《春纪》《夏纪》《秋纪》《冬纪》，《夏纪》论述了教学道理及音乐理论。其中《葛天氏之乐》为中国古乐名，用歌舞的形式反映了先民在岁末祭祀时对农业丰收的渴望。其中《载民》祝愿氏族昌盛；《玄鸟》表现氏族图腾崇拜；《遂草木》希望草木生长茂盛；《奋五谷》庆祝五谷丰收；《敬天常》向上天表示敬意；《达帝功》歌颂天帝和祖先神；《依地德》感谢大地的赐予；《总禽兽之极》祈求鸟兽大量繁殖，为人类提供丰足的衣食。

乐记（节选）

刘　德

乐本篇

凡音之起，由人心生也。人心之动，物使之然也。感于物耐动，放行于声。声相应，放生变，变成方，谓之音。比音而乐之，及干戚羽旄，谓之乐。

乐者，音之所由生也，其本在人心之感于物也。是故其哀心感者，其声嚁以杀；其乐心感者。其声啴以缓，其喜心感者，其声发以散；其怒心感者，其声粗以历；其散心感者，其声直以廉；其爱心感者，其声和以柔。六者非性也，感于物而后动。

是故先王慎所以感之。故礼以道其志，乐以和其声，政以壹其行，刑以防其奸。礼乐刑政，其极一也，所以同民心而出治道也。

凡音者，生人心者也。情动于中，故形成于声。声成文，谓之音。是故治世之音安以乐，其政和；乱世之音怨以怒，其政乖；亡国之音哀以思，其民困。声音之道，与政通矣。

宫为君，商为臣，角为民，征为事，羽为物。五者不乱，则无惉懘之音矣。宫乱则荒，其君骄，商乱则槌，其官坏；角乱则忧，其民怨；征乱则哀，其事勤；羽乱则危，其财匮。

五者皆乱，迭相陵，谓之慢。如此则国之灭亡无矣。郑卫之音，乱世之音也，比于慢矣。桑间濮上之音，亡国之音也，其政散，其民流，诬上行私而不可止也。

凡音者，生于人心者也。乐者，通伦理者也。是故知声而不知音者，禽兽是也。知音而不知乐者，众庶是也。唯君子为能知乐。是故审声以知音，审音以知乐，审乐以知政，而治道备矣。是故不知声者，不可与言音。不知音者，不可与言乐。知乐则几于礼也。礼乐皆得，谓之有德，德者，得也。

是故乐之隆，非极音也。食飨之礼，非致味也。清庙之瑟，朱弦而疏越，一倡而三叹，有遗音者矣。大飨之礼，尚玄酒而俎腥鱼，大羹不和，有遗味者矣。是故先王之制礼乐也，非以极口腹耳目之欲也，将以教民平好恶，而反人道之正也。

人生而静，天之性也；感于物而动，性之颂也。物至知知，然后好恶形焉。好恶无节于内，知诱于外，不能反己，天理灭矣。夫物之感人无穷，而人之好恶无节，则是物至而人化物也。人化物也者，灭天理而穷人欲者也。于是有悖逆诈伪之心，有淫佚作乱之事。是故强者胁弱，众者暴寡，知者诈愚，勇者若怯，疾病不养，老幼孤寡不得其所，此大乱之道也。

是故先王制礼乐，人为之节：衰麻哭泣，所以节丧纪也；钟鼓干戚，所以和安乐也；婚姻冠笄，所以别男女也；射乡食飨，所以正交接也。礼节民心，乐和民声，政以行之，刑以防之。礼乐刑政四达而不悖，则王道备矣。

【注释】

1. 变成方：将乐音组成曲调。
2. 干戚羽旄：上古舞蹈时舞者的道具。
3. 噍（jiào）以杀：噍，声音急促。杀，激厉之声。
4. 啴（chǎn）以缓：宽广而舒缓。
5. 先王慎所以感之：先王慎重地对待感发人心的事。
6. 道其志：道，疏导。
7. 怗（zhān）懘（chì）之音：衰败而不和谐的音。
8. 商乱则槌：槌，引申为邪僻。
9. 郑卫之音：春秋时期郑国和卫国的民间音乐。
10. 极音：最好听的音。
11. 食（sì）飨（xiǎng）之礼：宗庙祭祀之礼。
12. 致味：最好的味道。
13. 物至而人化物：物勾起了人的欲望。
14. 射乡食飨：饮酒酬宾之礼。

宾牟贾篇

宾牟贾侍坐于孔子，孔子与之言，及乐，曰："夫《武》之备戒之已久，何也？"答曰："病不得其众也。""咏叹之，淫液之，何也？"答曰："恐不逮事也。""发扬蹈厉之已蚤，何也？"答曰："及时事也。""《武》坐致右宪左，何也？"答曰："非《武》坐也。""声淫及商，何也？"答曰："非《武》音也。"子曰："若非《武》音，则何音也？"答曰："有司失其传也。若非有司失其传，则武王之志荒矣。"子曰："唯。丘之闻诸苌弘，亦若吾子之言是也。"宾牟贾起，免席而请曰："夫《武》之备戒之已久，则既闻命矣，敢问迟之迟而又久，何也?”

子曰：“居，吾语汝。夫乐者，象成者也。总干而山立，武王之事也；发扬蹈厉，太公之志也；《武》乱皆坐，周召之治也。且夫《武》，始而北出，再成而灭商，三成而南，四成而南国是疆，五成而分陕，周公左，召公右，六成复缀，以崇天子，夹振之而四伐，盛威于中国也。分夹而进，事蚤济也。久立于缀，以待诸侯之至也。且夫女独未闻牧野之语乎?武王克殷反商，未及下车，而封黄帝之后于蓟，封帝尧之后于祝，封帝舜之后于陈；下车而封夏后氏之后于杞，封殷之后于宋，封王子比干之墓，释箕子之囚，使之行商容而复其位。庶民弛政，庶士倍禄。济河而西，马散华山之阳而弗复乘；牛散桃林之野而不复服；车甲弢而藏之府库而弗复用；倒载干戈，苞之以虎皮；将率之士，使为诸侯，名之曰‘建櫜’：然后天下知武王之不复用兵也。散军而郊射，左射《狸首》，右射《驺虞》，而贯革之射息也；裨冕搢笏，而虎贲之士税剑也；祀乎明堂，而民知孝；朝觐，然后诸侯知所以臣；耕藉，然后诸侯知所以敬：五者天下之大教也。食三老五更于太学，天子袒而割牲，执酱而馈，执爵而酳，冕而总干，所以教诸侯之悌也。若此，则周道四达，礼乐交通，则夫《武》之迟久，不亦宜乎?”

【注释】

1. 宾牟贾：古代乐官，仅见于《乐记》，应为孔子的学生或晚辈。

2. 苌弘：周大夫，孔子曾向其问乐。

3. 声淫及商：此处的“商”有两种解释，一作“商朝”

解，一作“商音”解（即“宫商角徵羽”之商）。若作“商朝”解，全句应理解为“乐声中表现出武力翦商的情绪”；若作“商音”解，全句应理解为“歌声中充满了商音的杀伐气”。

4. 居：坐下。

5. 夫乐者，象成者也：音乐是用来表现大功告成的一种艺术形式。

6. 总干而山立：整体直立稳如泰山。

7. 《武》乱皆坐：《大武》表演结束时，全体舞者跪坐。

8. 周召：周公和召公。

9. 再成……三成……六成：用现代术语即为第一篇章、第二篇章，直至第六篇章。

10. 牧野之语：牧野之战的传说，乃是周武王伐纣，在牧野取得决定性胜利。

11. 蓟：古代地名，在今天北京西南。

12. 箕子：纣王之忠臣，被迫害而坐牢。

13. 苞之以虎皮：把武器倒置并用虎皮包起来。

14. 建櫜（gāo）：古代盛放兵器的器具。

15. 裨（pí）冕：穿礼服，戴礼帽。

16. 搢笏（jìn hù）：将插入礼服的宽腰带里。

17. 虎贲（bēn）之士税剑：勇猛的将士脱下佩剑。

18. 酳（yìn）：古代礼节，宴会之后以酒漱口。

19. 冕而总干：戴着礼帽，手持盾牌。

【赏析】

《乐记》：是《礼记》49篇中的一篇，最早的一部具有完整体系的音乐理论著作，它总结了先秦时期儒家的音乐美学思想，创作于西汉，作者刘德及门人。《乐记》约5000余字，包括11子篇：《乐本篇》《乐论篇》《乐礼篇》《乐施篇》《乐言篇》《乐象篇》《乐情篇》《魏文侯篇》《宾牟贾篇》《乐化篇》《师乙篇》等。根据西汉刘向的《别录》记载，古代《乐记》共23篇，篇名都记载于《别录》中（《别录》已佚）。但唐孔颖达作《礼记注疏》时说，《别录》所载《乐记》的全部篇目，当时还“总存焉”，从孔颖达记载看，这23篇除上述11篇之外，还包括《奏乐篇》《乐器篇》《乐作篇》《意始篇》《乐穆篇》《说律篇》《季札篇》《乐道篇》《乐义篇》《昭本篇》《招颂篇》《窦公篇》等12篇，但这12篇已佚。“乐”兼指诗、歌、舞三者，《乐记》主要以论述音乐为主。《乐本篇》主要讨论了“乐”的本质与特征。建立了“物感心动说”的观点；剖析了“声、音、乐”；分析了“性”“情”“乐”的含义；强调音乐与政治的密切联系；明确了礼乐的教育意义。

《乐记·宾牟贾篇》记述了宾牟贾侍坐在孔子身边时，两人就《大武》而展开的谈话。《大武》是六代乐舞之一，也是“武舞”的代表。秦汉以后，文舞仅存韶乐，武舞仅存大武。比如本篇前两节通过对话，介绍了《大武》的大致情形及含义，这对后人分析《大武》乐章的结构具有重要的参考价值。

西京杂记（节选）

刘 歆

卷一

高帝戚夫人。善鼓瑟击筑。帝常拥夫人倚瑟而弦歌。毕每泣下流涟。夫人善为翘袖折腰之舞。歌出塞入塞望归之曲。侍妇数百皆习之。后宫齐首高唱。声彻云霄。

卷三

余所知有鞠道龙，善为幻术，向余说古昔事：有东海人黄公，少时为术，能制蛇御虎。佩赤金刀，以绛缯束髪，立兴云雾，坐成山河。及衰老，气力羸惫，饮酒过度，不能復行其术。秦末有白虎见于东海，黄公乃以赤刀往厌之。术既不行，遂为虎所杀。三辅人俗用以为戏，汉帝亦取以为角抵之戏焉。

【注释】

1. 翘袖折腰：向后旁下腰，顺势掷去双袖，在汉代出土文物中经常可以得见这一舞姿。

2. 东海黄公：汉代角抵戏，有一定戏剧因素。取材自民间故事，说东海人氏黄公，年轻时练过法术，能够抵御和制伏蛇、虎，时常佩带金刀，以红绸束发，作起法来能兴云雾，本领很大。然而到了老年，气力衰疲，加上饮酒过度，法术失灵，反被老虎吃掉了。东汉张衡《西京赋》里描写他演出时的情况是："东海黄公，赤刀粤祝，冀白虎，卒不能救，挟邪作蛊，于是不售。"

3. 角抵戏：又称百戏，是一种历史悠久的民间综合表演艺术，秦汉时期开始盛行。内容一般有杂技，如寻橦、跳丸、走索、冲狭；幻术，如吞刀、吐火、易牛马头；武打，如棍舞、刀舞、剑舞、对打；假型舞蹈（舞像），如凤舞、鱼舞、龙舞；舞蹈，如巾袖舞、鞞舞、铎舞、盘鼓舞、巴渝舞、建鼓舞；歌舞戏，如《东海黄公》《总会仙唱》等。

【赏析】

《西京杂记》：是古代历史笔记小说集，"西京"指的是西汉首都长安，汉代刘歆著，东晋葛洪辑抄，写的是西汉的杂史，既有历史也有许多逸闻逸事。如"昭君出塞""卓文君私奔司马相如""凿壁借光"等。

舞赋

傅　毅

楚襄王既游云梦，使宋玉赋高唐之事，将置酒宴饮，谓宋玉曰："寡人欲觞群臣，何以娱之？"玉曰："臣闻歌以咏言，舞以尽意，是以论其诗不如听其声，听其声不如察其形。《激楚》《结风》《阳阿》之舞，材人之穷观，天下之至妙。噫！可以进乎？"王曰："如其郑何？"玉曰："小大殊用，郑雅异宜。弛张之度，圣哲所施。是以《乐》记干戚之容，《雅》美蹲蹲之舞，《礼》设三爵之制，《颂》有醉归之歌。夫《咸池》《六英》，所以陈清庙、协神人也；郑卫之乐，所以娱密坐、接欢欣也。余日怡荡，非以风民也，其何害哉？"王曰："试为寡人赋之。"玉曰："唯唯。"

夫何皎皎之闲夜兮，明月烂以施光。朱火晔其延起兮，耀华屋而熺洞房。黼帐祛而结组兮，铺首炳以焜煌。陈茵席而设坐兮，溢金罍而列玉觞。腾觚爵之斟酌兮，漫既醉其乐康。严颜和而怡怿兮，幽情形而外扬。文人不能怀其藻兮，武毅不能隐其刚。简隋跳踃，般纷挐兮。渊塞沉荡，改恒常兮。

于是郑女出进，二八徐侍。姣服极丽，姁媮致态。貌嫽妙以妖蛊兮，红颜晔其扬华。眉连娟以增绕兮，目流睇而横波。珠翠的砾而照耀兮，华袿飞髾而杂纤罗。顾形影，自整装。顺微风，挥若芳。动朱唇，纡清阳。亢音高歌，为乐之方。歌曰："摅予意以弘观兮，绎精灵之所束。弛紧急之弦张兮，慢末事之骫曲。舒恢炱之广度兮，阔细体之苛缛。嘉《关雎》之不淫兮，哀《蟋蟀》之局促。启泰真之否隔兮，超遗物而度俗。扬激徵，骋清角，赞舞操，奏均曲。形态和，神意协，从容得，志不劫。

于是蹑节鼓陈，舒意自广。游心无垠，远思长想。其始兴也，若俯若仰，若来若往。雍容惆怅，不可为象。其少进也，若翔若行，若竦若倾，兀动赴度，指顾应声，罗衣从风，长袖交横。骆驿飞散，飒擖合并。鶣钥燕居，拉沓鹄惊。绰约闲靡，机迅体轻。姿绝伦之妙态，怀悫素之洁清。修仪操以显志兮，独驰思乎杳冥。在山峨峨，在水汤汤，与志迁化，容不虚生。明诗表指，喟息激昂。气若浮云，志若秋霜。观者增叹，诸工莫当。

于是合场递进，按次而俟。埒材角妙，夸容乃理。轶态横出，瑰姿谲起。眄般鼓则腾清眸，吐哇咬则发皓齿。摘齐行列，经营切儗。仿佛神动，回翔竦峙。击不致策，蹈不顿趾。翼尔悠往，闇复辍已。及至回身还入，迫于急节，浮腾累跪，跗蹋摩跌。纡形赴远，漼似摧折。纤縠蛾飞，纷猋若绝。超逾鸟集，纵弛殟殁。委蛇姌袅，云转飘曶。体如游龙，袖如素霓。黎收而拜，曲度究毕。迁延微笑，退复次列。观者称丽，莫不怡悦。

于是欢洽宴夜，命遣诸客。扰攘就驾，仆夫正策。车骑并狎，巃嵸逼迫。良骏逸足，跄捍陵越。龙骧横举，扬镳飞沫。马材不同，各相倾夺。或有逾埃赴辙，霆骇电灭，跖地远群，暗跳独绝。或有宛足郁怒，盘桓不发，后往先至，遂为逐末。或有矜容爱仪，洋洋习习，迟速承意，控御缓急。车音若雷，骛骤相及。骆漠而归，云散城邑。天王燕胥，乐而不泆。娱神遗老，永年之术。优哉游哉，聊以永日。

【注释】

1. 楚襄王：楚怀王之子，亦称楚顷襄王。

2. 云梦：云梦泽。在今湖北潜江县西南。泛指春秋战国时期楚国郡主的游猎区。本为二泽，跨长江南北，江北为云，江南为梦，方圆八九百里，后世淤塞。

3. 赋高唐之事：宋玉曾作《高唐赋》《神女赋》二赋，写的是楚王与巫山高唐神女恋爱的故事。

4. 歌以咏言：语出《书·尧典》："诗言志，歌咏言。"

5. 舞以尽意：是指用舞蹈来充分表达情志。

6. 穷观：极观。

7. 激楚、结风、阳阿：都是古代舞曲名。

8. 材人：才人。有才华的人。

9. 如其郑何：像郑舞一样怎么办？此句是说楚王怕引进的歌舞类似郑国俗乐。

10. 小大殊用：不同的用途。此句是说小的、大的各有各的用处。

11. 郑雅异宜：各有所宜。此句是说郑声、雅乐各有不同的作用。

12. 弛张：弓上弦叫张，下弦叫弛。比喻周文王、武王宽严相济治天下。

13. 干戚：古代武舞名。手执盾、斧起舞。干，盾，戚，斧。

14. 蹲蹲：起舞。《诗经·小雅·伐木》：“坎坎鼓我，蹲蹲舞我。”

15. 三爵之制：爵，古代酒器。三爵之制，指古代君臣宴饮礼节，臣侍君宴，不过三爵。类似酒不过三巡。

16. 醉归之歌：指《诗经·鲁颂·有駜》诗中有：“鼓咽咽，醉言归。”

17. 《咸池》：周代用于祭祀的六个乐舞之一。相传为尧时代的乐舞。

18. 六英：古乐名，传说是帝喾之乐，一说为颛顼之乐。

19. 清庙：太庙、宗庙总称。即天子祭祀祖先之庙。

20. 协：和。

21. 密坐：环坐，互相靠近的坐在一起。指非礼仪场合座次无尊卑等次。

22. 接：接引。

23. 余日：余暇。指听览政事之余。

24. 怡荡：纵情欢乐。

25. 风：讽喻、教化。

26. 唯唯：应答词。是，是，好的，好的。

27. 闲夜：静夜。

28. 朱火：烛火，红色的烛光。

29. 晔（yè）：光华灿烂。

30. 熺（xī）：光明，此指照亮。

31. 洞房：此指深邃的内室。

32. 黼（fǔ）帐：绣帐。

33. 袪：撩起。

34. 结组：用丝带结上。

35. 铺首：门上用以衔环的底盘，多用铜制。

36. 焜（kūn）煌：明亮，闪闪发光。

37. 茵席：坐蓐。铺有垫褥的座位。

38. 罍（léi）：古代酒器，形似壶。

39. 觚（gū）：古代酒器，比爵大。

40. 漫：无拘束。

41. 严颜：指君王严肃的表情。怡怿：喜悦。

42. 幽情：隐秘的感情。

43. 怀：藏。

44. 怀其藻：不显露其文采。

45. 隐其刚：不显露其刚勇。

46. 武毅：勇猛果敢的人。

47. 简惰：简慢懒惰的人。即懒洋洋的样子。

48. 跳踃（xiāo）：跳跃。

49. 般：通“盘”，回旋。

50. 般纷挐（rú）：互相牵持杂乱。

51. 渊塞：深沉忠实的人。

52. 郑女：歌舞伎，郑国多能歌善舞的美貌女子，故泛称歌舞伎为“郑女”。

53. 二八：此指出场舞队十六个俊俏姑娘。

54. 徐侍：步态娉婷侍奉左右的侍女。此指以舒缓的舞步相伴。

55. 姁媮（xū yú）：妖媚的神态。

56. 致态：意态。

57. 嫽妙：俊秀美丽。

58. 妖蛊：妖艳迷人。

59. 眉连娟以增绕兮，目流睇而横波：此二句形容眉毛细长而弯曲，眼睛顾盼如水波横流。连娟：眉毛细长。睇：目光斜视传情。横波：目光斜视，挑逗情态。

60. 袿（gūi）：女子上衣。

61. 飞髾（shāo）：飞，飘动。髾，缀在女子上衣的饰物，形似燕尾。

62. 纤罗：纤细的丝罗，此指舞女华美的罗衣。

63. 挥若芳：挥，散发。若，杜若，此指歌伎佩带的香草。

64. 纡清阳：此句意思应为听歌感受。“纡清阳”意为歌声清亮曲折，动人心弦。

65. 乐方：乐曲的法度。

66. 摅（shū）予意以弘观兮，绎精灵之所束：此二句是说歌声抒发我心中真实的宏大心愿，让约束的情感得到释放伸展。摅，同“抒”。予，我。意，心愿。弘同“宏”。观，对事物的看法。绎，放开。精灵，指人的精神。

67. 弛紧急之弦张兮，慢末事之骩曲：此指歌舞活动，这里是代表舞者对自己所从事事业的谦称。弛，放松。紧急之弦张：此指上紧的琴弦。慢，简慢，指不过分沉迷。末事，细微琐事。

68. 骩（wěi）曲：大意说在舞蹈节目之前，先以缓歌诉说舞蹈的底细和原委。

69. 舒恢炱（tái）之广度兮，阔细体之苛缛：舒展广阔的胸怀，摆脱繁文缛节的束缚。恢炱，炱同“台”，广大的样子。

70. 细体：细节、末节，琐细规矩。

71. 苛缛：繁杂、繁琐。

72. 嘉《关雎》之不淫兮，哀《蟋蟀》之局促：大意是赞美《关雎》的乐而不淫，哀怜《蟋蟀》的局促小见。嘉，赞许、赞美。局促，心胸狭窄，见识不广。

73. 启泰真之否隔兮，超遗物而度俗：舞蹈可使阻塞的阴阳之气互通，还可以使人的躯体超越凡俗。泰真：即“太真”。遗物：指人的躯体。度俗：超越凡俗。

74. 否（pǐ）：悬隔，不通。

75. 激徵（zhǐ）、清角：都是古代雅曲名。徵，五音之一。角，五音之一。

76. 舞操、均曲：都是古代雅曲名。

77. 从容得，志不劫：歌者的形态神意无不与歌词内容相和谐，从容自得，志气不为外物所威胁。劫，迫。

78. 蹑节鼓陈：踏着音乐的节拍起舞。蹑，踩。

79. 舒意自广：舞蹈的情境舒适广阔。

80. 无垠：无边无际。

81. 始兴：开始起舞。

82. 雍容：温雅大方。一说形容舞姿舒展大方。

83. 不可为象：不可模拟其形象。即难以名状。

84. 少进：随后表演的舞曲。是上文“始兴”的延续。

85. 竦（sǒng）：伸长脖子、提起脚跟站着。

86. 兀动赴度：兀动：不安的跳动。赴度，投入音乐的节拍。

87. 指顾应声：此指舞蹈动作手指和目光方向一致。指顾，手指目顾；应声，与曲声相和。

88. 骆驿飞散：骆驿，通“络绎”，连续不绝。形容罗衣飘荡不绝。

89. 飒擖（tà）合并：飒擖，曲折。合并，指舞步与乐曲合拍。

90. 鶣钔燕居，拉沓鹄惊：轻盈的样子。燕居，闲居，一说像燕子那样蹲下。拉沓，意为振翅而飞。

91. 绰约：姿态优美。

92. 闲靡：文雅柔美。

93. 机迅：比喻舞姿回旋像弩机发射那样迅速。

94. 悫（què）素：忠贞纯洁。一说忠贞质朴。

95. 仪操：操守，节操，指容貌品行。

96. 驰思杳冥：驰思，驰骋想象。杳冥，高远深邃之境，指极深远处。

97. 在山峨峨，在水汤汤：志在高山，巍巍有高山之势；志在流水，荡荡有流水之姿。

98. 迁化：变化。

99. 容不虚生：指舞姿必有形象美感。

100. 明诗表指，喟息激昂：舞蹈表明了歌诗的内容和它的意旨，乃至达到了诗中的叹息和激昂感情。

101. 气若浮云，志若秋霜：此二句以浮云和秋霜比喻舞者心志高洁。

102. 观者增叹，诸工莫当：工，乐工、乐师。莫当，没能盛年相逢相识。

103. 合场递进，按次而俟：众多舞女依次序上场。合场，全场。

104. 埒（liè）材角妙，夸容乃理：埒材，舞女们似乎相互比赛修饰的容仪，相互较量才艺的巧妙。埒，等、衡量，意为比技艺。角妙，比巧妙。夸容，比容饰。夸同“姱”，美好。理，修饰、装饰。

105. 轶态横出，瑰姿谲起：轶态：飘逸舞态或超逸的神态。瑰姿：美丽的容貌，一说指美妙的舞姿。谲起，舞姿奇异。

106. 眄（miǎn）：斜视。

107. 盘鼓：汉代舞名。

108. 哇咬：民间歌曲，指郑卫之声。

109. 摘齐行列，经营切儗：舞女们舞姿整齐，相互紧贴着肩一起往来周旋，舞姿都有一定比拟的意象。摘齐，排列整齐。经营，往来的样子。切儗，指舞姿都有所比拟。

110. 仿佛神动，回翔竦峙：神动，像仙女舞动。回翔：指舞女飞快回转的舞蹈动作如鸟飞翔。竦峙，或纵身跳跃，或静静而立。

111. 击不致策，蹈不顿趾：形容舞者击鼓动作极为迅速，好像鼓槌没有击到鼓上，舞者用脚踏地而听不到顿足的声音。形容舞者体轻矫捷。

112. 翼尔悠往，闇复辍已：形容舞者时而像鸟儿展翅飞翔轻盈远去，时而出乎意料地骤然停止。闇同“奄”，骤然。辍已：停下来。

113. 回身还入，迫于急节：舞者在乐曲急拍的催促下，从停息处迅速回身而舞。

114. 浮腾累跪，跗蹋摩跌：浮腾，跳跃。累跪，双膝跪地前行，一说反复不停地跪起。跗（fú）蹋，脚背着地。摩跌，双足后举。

115. 纡形赴远，漼（cuī）似摧折：纡形赴远指曲体远跃。濯折指腰肢弯转。

116. 纤縠（hú）蛾飞，纷猋（biāo）若绝：纤縠，有皱纹的薄纱，指舞衣。蛾飞，如蛾轻飞。纷猋，纷纷扬扬的样子。

117. 超逾鸟集，纵弛殟殁（wēnmò）：比喻舞女的跳跃姿势时而轻捷超过群鸟飞集，时而悠闲舒缓轻悠优雅。超逾，超越，向前跳跃。鸟集，如群鸟飞集。纵弛，松弛，和缓下来。殟殁，舒缓的样子。

118. 委蛇蜲袅，云转飘曶（hū）：委蛇：盘绕回旋的样子。蜲袅：纤细柔长的样子。飘曶：同“飘忽”，迅疾。

119. 素霓：白虹。一说洁白的蝉翼。

120. 黎收而拜，曲度究毕：舞曲结束时，舞者收敛表情徐徐作拜表示谢幕。黎收，敛容。曲度，乐曲的节奏。究毕，结束。

121. 迁延微笑，退复次列：迁延，倒退。次列，依次列队。

122. 欢洽宴夜，命遣宾客：欢洽，欢情融洽。此二句照应序文“欲觞群臣”。

123. 扰攘：纷争。

124. 正策：执鞭。

125. 车骑并狎，巃嵸（lóngcóng）逼迫：并狎，彼此挨近，拥挤，此指并驾齐驱。巃嵸，聚拢。逼迫：紧挨。

126. 良骏逸足，跄捍陵越：良骏，好马。逸足，指马放开四蹄飞跑。跄捍，指马快速奔跑的样子。陵越，超越。

127. 龙骧横举，扬镳（biāo）飞沫：像龙那样抬起头而横跑。镳：马嚼子，马口勒铁。

128. 倾夺：竞相奔驰。

129. 逾埃赴辙，霆骇电灭：逾埃，超过尘埃。赴辙，追前面的车辙。霆骇电灭，形容马奔如惊雷闪电。

130. 跖地远群，暗跳独绝：跖地，踏地。远群，指良骏刚一蹄子着地，就超过群马，一马当先。暗跳，一作“闇跳”。意为行疾。

131. 宛足郁怒，盘桓不发：宛足郁怒，指落后的马匹屈足不进，一副怒容，徘徊逗留。

132. 逐末：在末后追赶。

133. 矜容爱仪：指有的御者（车夫）矜持自爱自己的马容仪端庄可爱，舍不得让自己的马过度疲劳。

134. 洋洋习习：洋洋，舒缓摇尾的样子。习习，平和之貌。

135. 迟速承意，控御缓急：承意，顺承御者（车夫）的意愿。

136. 骛骤：奔驰。相及：相接。

137. 骆漠：飞驰的样子。

138. 云散城邑：车马皆归，城中寂然而空，有如云散。

139. 天王燕胥：天王，大王。燕胥，即宴乐。

140. 乐而不泆（yì）：泆，一作“佚”，淫，放纵。意为快乐而不放纵。

141. 娱神遗老，永年之术：娱神，愉悦精神。遗老，忘老，忘记自己已经年老。永年，长寿。

142. 优哉游哉，聊以永日：优哉游哉，闲适自得的样子。聊以，姑且。永日，消磨时光。

【赏析】

傅毅，汉代辞赋家，字武仲，扶风茂陵（今陕西兴平东北）人。年轻时学问很渊博，汉章帝时封为兰台令史，拜郎中，和班固、贾逵一起校勘禁中书籍。他模仿周颂清庙篇的笔法，完成十篇显宗颂，赞扬汉明帝的功德，文名大噪。

《舞赋》为傅毅记录的汉时极为盛行的盘鼓舞。全文先后描绘了宴饮的氛围与环境，舞者的容貌与体态，赞美其歌唱神态与歌词内涵相和谐，高潮部分是群舞的多姿多彩，独舞的技艺精湛，最后是宴饮结束后的情景，是后人研究汉代歌舞艺术的珍贵资料。

《盘鼓舞》是汉代著名舞蹈，有独舞和群舞，以独舞为主，将盘、鼓置于地上作为舞具，舞人在盘、鼓之上或者围绕盘、鼓进行表演。此舞以使用七盘为多，所以又称七盘舞，盘、鼓的数量与陈放的位置无统一格式，可以根据舞蹈动作的要求灵活掌握。舞人有男有女，且歌且舞，并用足蹈击鼓面。汉画像砖石中有十分丰富的《盘鼓舞》形象，或飞舞长袖，或踩鼓下腰，或按鼓倒立，或身俯鼓面，手、膝、足皆触及鼓面拍击，或单腿立鼓上，或正从鼓上纵身跳下。舞姿各异，优美矫健。

章华台赋（节选）

边　让

尔乃携窈窕，从好仇，径肉林，登糟丘，兰肴山竦，椒酒渊流。激玄醴于清池兮，靡微风而行舟。登瑶台以回望兮，冀弥日而消忧。于是招宓妃，命湘娥，齐倡列，郑女罗。扬《激楚》之清宫兮，展新声而长歌。繁手超于北里，妙舞丽于《阳阿》。金石类聚，丝竹群分。被轻桂，曳华文，罗衣飘摇，组绮缤纷。纵轻躯以迅赴，若孤鹄之失群；振华袂以逶迤，若游龙之登云。于是欢燕既洽，长夜向半，琴瑟易调，繁手改弹，清声发而响激，微音逝而流散。振弱支而纡绕兮，若绿繁之垂，忽飘以轻逝兮，似鸾飞于天汉。舞无常态，鼓无定节，寻声响应，修短靡跌。长袖奋而生风，清气激而绕结。尔乃妍媚递进，巧弄相加，俯仰异容，忽兮神化。体迅轻鸿，荣曜春华，进如浮云，退如激波。虽复柳惠，能不咨嗟！于是天河既回，淫乐未终，清篇发徵，《激楚》扬风。于是音气发于丝竹兮，飞响轶于云中。比目应节而双跃兮，孤雌感声而鸣雄。美繁手之轻妙兮，嘉新声之弥隆。于是众变已尽，群乐既考。归乎生风之广夏兮，修黄轩之要道。携西子之弱腕兮，援毛嫔之素肘。形便娟以婵媛兮，若流风之靡草。美仪操之姣丽兮，忽遗生而忘老。

【注释】

1. 齐倡：指排列整齐的舞女。
2. 郑女：泛指歌女舞女。
3. 激楚：我国古代乐曲名。
4. 北里和阳阿：我国古代乐曲名。
5. 易调：指更换了调子。
6. 金石：泛指古代以金石制作的乐器。
7. 繁手：指细密、丰富、复杂的弹琴手法。
8. 改弹：变换弹琴手法。
9. 轻声：轻柔、婉转、清越、曼妙之声。
10. 响激：指乐音响声激昂，令人振奋。
11. 长袖：古代舞蹈时的道具。
12. 音气：音乐的氛围。
13. 鼓盘：舞蹈的道具。

【赏析】

《章华台赋》是东汉曾任九江太守的辞赋家边让的代表作。这里节选的段落主要描写了歌、舞、乐的美妙情景，展现了楚灵王宴乐的恢宏气势。话说历楚灵王为了追求奢侈淫逸的生活，穷全国人力财力修建了宏伟壮丽的章华台，时常在此作长夜之饮，极尽歌舞宴饮之乐。作者在写作上用了对比的手法，先极写章华台上长夜宴饮时高歌曼舞的动人景象，最后突然转换写楚灵王幡然悔悟，罢长夜之饮，收抑扬顿挫之艺术效果。

观舞赋

张　衡

昔客有观舞于淮南者，美而赋之，曰：

音乐陈兮旨酒施，击鼍鼓兮吹参差。叛淫衍兮漫陆离。于是饮者皆醉，日亦既昃。美人兴而将舞，乃修容而改袭。袭罗縠而杂错，申绸缪以自饰。拊者啾其齐列，般鼓焕以骈罗。抗修袖以翳面兮，展清声而长歌。歌曰："惊雄逝兮孤雌翔，临归风兮思故乡。"搦纤腰而互折，嬛倾倚兮低昂。增芙蓉之红花兮，光的皪以发扬。腾嫮目以顾眄，盼烂烂以流光。连翩骆驿，乍续乍绝。裾似飞燕，袖如回雪。徘徊相佯。提若霆震，闪若电灭。蹇兮宕往，彳兮中辄。于是粉黛施兮玉质粲，珠簪挺兮缁发乱。然后整笄揽发，被纤垂萦。同服骈奏，合体齐声。进退无差，若影追形。历七盘而蹝蹑。含清哇而吟咏，若离鸿鸣姑邪。既娱心以悦目。且夫九德之歌，九韶之舞，化如凯风，泽譬时雨。移风易俗，混一齐楚。以祀则神祇来格，以飨则宾主乐胥。方之于此，孰者为优？

【注释】

1. 淮南：淮南王刘安，汉高祖刘邦之孙。

2. 参差：乐器洞箫。也有一说即玉笙，相传为舜帝所造。

3. 淫衍：意为放荡，泛溢貌。嵇康《琴赋》：“纷淋浪以流离，奂淫衍而优渥。”

4. 陆离：光彩绚丽，美好貌。此二句形容音乐、舞队表演的盛况。

5. 昃（zè）：太阳偏西，日过正午。

6. 修容：修饰仪容。

7. 改袭：多换上一件衣服，一作“改服”。

8. 罗縠（hú）：一种柔细的丝织衣物。

9. 申：加上。

10. 绸缪：这里指情意殷切的样貌。

11. 拊：击打。

12. 啾：众人的声音。

13. 般鼓：盘鼓。

14. 骈罗：队伍整齐并列。

15. 抗：举。

16. 修袖：舞衣之长袖。

17. 翳面：遮其面容，为一种乐舞之动作。

18. 清声：清亮的声音。

19. 惊雄：受到惊吓的雄鸟。

20. 归风：吹向故乡之风。

21. 搦（nuò）：按着。

22. 嬛（xuān）：形容女子舞蹈动作软弱柔美貌。

23. 芙蓉：荷花的别称，也多用来形容美丽的女子。

24. 的皪：鲜明状态。

25. 嫮（hù）：美好。

26. 顾眄：回视、斜视。

27. 烂烂：光芒闪耀貌。

28. 连翩：接连。

29. 骆驿：不绝的样子。

30. 乍：忽然。

31. 裾：舞裙下。

32. 回雪：形容女子舞姿的轻盈优美。

33. 相佯：与徘徊同义，意指舞步来回走动。

34. 提：抬高、领着，一种舞蹈动作。

35. 闪：避开，一种舞蹈动作。

36. 蹇：跛脚、行动不便，这里指一种起伏的舞步。

37. 宕：回荡。

38. 彳（chì）：舞步中的小步，或慢慢走，走走停停的样子。

39. 辄：停止，静止不动。

40. 施：脂粉脱落。

41. 粲：白的状态。

42. 挺：突出。

43. 缁：乌黑。

44. 纤：细帛。

45. 萦：围绕、缠绕。

46. 同服骈奏：同样服装，合体齐声，二人一起高声歌唱。

47. 进退无差，若影追形：形容舞步进退无差错，如同影子追着人形。

48. 蹝：小鞋子。蹑：小步踩、踏。

49. 哇：谄声也，靡曼的乐声。

50. 离鸿：失群的雁，离散的雁。

51. 姑邪：可指姑洗，乐律名。

52. 九德之歌：亦称九歌，为歌颂大禹之歌。

53. 九韶：舜时乐曲名。

54. 凯风：和暖的风，指南风。

55. 泽譬：如同。

56. 时雨：及时雨、阵雨。

57. 混一齐楚：融合南北风俗。

58. 来格：来临、到来。

59. 乐胥：喜乐。

60. 方之于此：二者互相比较。

【赏析】

张衡是东汉时期著名科学家、艺术家、文学家，自幼敏而好学，多才多艺，曾自谓："一物不知，实以为耻；闻一善言，不胜其喜。"张衡在科学领域上有着巨大成就，制作了世界上最早利用水力转动的浑天仪、地动仪、指南车等多项器具，著有《灵宪》《浑天仪图注》等天文著作。在文学方面著有《温泉赋》《南都赋》《二京赋》等辞赋名篇，成就斐然，被列为"汉赋四大家"之一。《观舞赋》这篇赋并非完整作品，全文在历代流传中部分亡佚，残篇主要由《太平御览》及历代文人的选著中撷取，全文约三百余字，此篇在《昭明文选》傅毅《舞赋》注引作《七盘舞赋》，是描写《七盘舞》，然而就文本内容“昔客有观舞于淮南者”，此淮南应指当时的淮南王刘安，刘安门客甚众，时有歌舞宴会，所以此舞内容描写的乐舞也有可能是当时流行的《淮南舞》。

抱朴子内篇·登涉（节选）

葛　洪

又禹步法：正立，右足在前，左足在后，次复前右足，以左足从右足并，是一步也。次复前右足，次前左足，以右足从左足并，是二步也。次复前右足，以左足从右足并，是三步也。如此，禹步之道毕矣。凡作天下百术，皆宜知禹步，不独此事也。

【注释】

1. 抱朴：是道教术语，源于《老子》的语句“见素抱朴，少私寡欲”。

2. 禹步：是道士作法时的一种特殊步伐，传说大禹治水时“届南海之滨，见马禁咒，能令大石翻动。此鸟禁时，常作是步。禹遂模写其行，令之入术。”相传《六大舞》中的《大禹》中有此步伐。

【赏析】

《抱朴子·内篇》是对炼丹养生方术所作的系统总结，为魏晋神仙道教奠定理论基础的道教经典，作者晋代葛洪，书成于公元317年。

拾遗记·卷四（节选）

王 嘉

（燕昭王）王即位二年，广延国来献善舞者二人，一名旋娟，一名提嫫。并玉质凝肤，体轻气馥，绰约而窈窕，绝古无伦……王登崇霞之台，乃召二人，徘徊翔舞殆不子支，王以缨缕佛之。二人皆舞容冶妖，丽靡于鸾翔，而歌声轻扬……其舞一名《萦尘》，言其体轻与尘相乱；次曰《集羽》，言其宛若羽毛之从风；末曰《旋怀》，言其肢体缠蔓若入怀袖也。乃设麟文之席，散荃芜之香。香出波弋国，浸地则土石皆香，着朽木腐草，莫不郁茂，以熏枯骨，则肌肉皆生。以屑喷地，厚四五寸，使二女舞其上，弥日无迹，体轻故也。时有白鸾孤翔，衔千茎穟。穟于空中自生，花实落地，则生根叶。一岁百获，一茎满车，故曰“盈车嘉穟”。麟文者，错杂宝以饰席也，皆为云霞麟凤之状。昭王复以衣袖麾之，舞者皆止。昭王知其神异，处于崇霞之台，设枕席以寝宴，遣侍人以卫之。王好神仙之术，玄天之女，托形作此二人。昭王之末，莫知所在。或云游于汉江，或伊洛之滨。

【注释】

1. 殆：几乎。

2. 缨缕：缨，用绳或线做成的装饰品。缕，泛指线状物。

3. 麟文：用玉片等珍宝把席子装饰成云霞麟凤之状。

4. 荃芜：古时一种香草。

5. 盈车嘉穟：古代传说一茎子实能装满一车的禾穗。

6. 伊洛：古文中多指伊水和洛河。

【赏析】

《拾遗记》又名《拾遗录》，古代中国神话志怪小说集，作者东晋王嘉，今传本大约经过南朝梁宗室萧绮的整理。燕昭王，（前335年—前279年），战国时燕国第三十九任君主。在位期间，燕将秦开大破东胡、朝鲜、真番，上将军乐毅联合五国攻齐，占领齐国七十多城，使齐国只剩莒、即墨二都尚存，造就了燕国的盛世。旋娟、提嫫是广延国献来的舞伎，这两个舞者玉质凝肤，体轻气馥，绰约而窈窕，就连走在四五寸厚的香屑上都不会留下印迹，并擅长以步态轻盈、体态柔软而著称的《萦尘》《集羽》《旋怀》三舞，可谓奇叹。

云门篇

傅　玄

黄《云门》，唐《咸池》，虞《韶舞》，夏《夏》殷《濩》。列代有五，振铎鸣金，延《大武》。清歌发唱，形为主。声和八音，协律吕。身不虚动，手不徒举。应节合度，周其叙。时奏宫角，杂之以徽羽。下餍重目，上从钟鼓。乐以移风，与德礼相辅，安有失其所。

【注释】

1. 《云门》：周朝六代乐舞之一。用于祭祀天神。相传为黄帝时所作。

2. 唐：唐尧，古帝名，帝喾之子，初封于陶，又封于唐，号陶唐氏。

3. 《咸池》：古乐舞名。相传为为黄帝之乐，尧增修沿用。

4. 虞：虞舜，上古五帝之一。

5. 《韶舞》：舜时乐舞名。

6. 《濩》：周代乐舞之一，相传为成汤时作。

7. 列代：列出的朝代。

8. 振铎：摇铃。古代宣布政教法令时，振铎以警众。铎，有舌的大铃。

9. 鸣金：敲击钲、铙等金属乐器。后多指敲锣。

10.《大武》：周代的乐舞，有说周武王制作，有说周公所作。

11. 清歌：指汉朝乐府清商乐。

12. 发唱：发声歌唱。

13. 形为主：象形为主，形意为主。

14. 声和：和声应和着。

15. 八音：我国古代对乐器的统称，通常为金、石、丝、竹、匏、土、革、木八种不同质材所制。泛指音乐。

16. 律吕：古代校正乐律的器具。

17. 虚动：虚假地动作。不实的动作。

18. 徒举：空举。

19. 应节：应和节拍。

20. 合度：合于尺度、法度，适宜。

21. 周其叙：周全它的乐舞次序。

22. 时奏：不时演奏。

23. 宫角：古代五音中的宫音和角音。

24. 徵（zhǐ）羽：古代五音中的徵音和羽音。

25. 餍（yàn）：吃饱，满足。

26. 上从：上面随从。

27. 乐以移风：礼乐用以转变风俗。

28. 安有：哪里有。

29. 失其所：谓不得其应处之所。

【赏析】

《云门篇》来自《乐府诗集·卷五十四·舞曲歌辞三》。

《乐府诗集》是继《诗经·风》之后，一部总括中国古代乐府歌辞总集，由北宋郭茂倩所编，现存100卷，主要辑录了汉魏到唐、五代的乐府歌辞，兼先秦至唐末的歌谣，共5000多首。《乐府诗集》把乐府诗分为郊庙歌辞、燕射歌辞、鼓吹曲辞、横吹曲辞、相和歌辞、清商曲辞、舞曲歌辞、琴曲歌辞、杂曲歌辞、近代曲辞、杂歌谣辞和新乐府辞12大类，多数是优秀的民歌和文人用乐府旧题所作的诗歌。“乐府”，是古代掌管音乐的机关名称，具体任务是制作乐谱、收集歌词和训练音乐人才。歌词来源有两种：一部分是文人专门作的，一部分是从中国民间收集的。后来人们将乐府机关采集的诗篇称为乐府，或称乐府诗、乐府歌辞，于是乐府便由官府名称变成了诗体名称。

白纻舞歌诗

轻躯徐起何洋洋，高举两手白鹄翔。
宛若龙转乍低昂，凝停善睐容仪光。
如推若引留且行，随世而变诚无方。
舞以尽神安可忘？晋世方昌乐未央。
质如轻云色如银，爱之遗谁赠佳人。
制以为袍余作巾，袍以光躯巾拂尘。
丽服在御会嘉宾，醪醴盈樽美且醇。
清歌徐舞降祇神，四座欢乐胡可陈！

【赏析】

《白纻舞》是魏晋南北朝时期中原地区流行的汉族乐舞，可以娱人可以祭神，因身穿白色纻麻舞衣而得名。白纻舞衣不仅质地轻软，而且袖子很长，舞袖的动作有“掩袖”“拂袖”“飞袖”“扬袖”等，有独舞和群舞两种形式，往往有声乐和器乐伴奏，整体表演节奏是从徐缓转为急促。

齐白纻

王　俭

阳春白日风花香，趋步明月舞瑶裳。
情发金石媚笙簧，罗袿徐转红袖扬。
清歌流响绕凤梁，如惊若思凝且翔。
转眄流精艳辉光，将流将引双雁行。
欢来何晚意何长，明君驭世永歌昌。

【注释】

1. 趋步：小步快走的步伐。
2. 瑶裳：缀玉的衣裳。
3. 情发金石：情感发自金钟石磬。金石，喻礼乐。
4. 红袖扬：红色的衣袖扬起来。
5. 凝且翔：凝固尚且飞翔。
6. 转盼：转动目光。
7. 艳辉光：艳丽的光辉十分光鲜。
8. 将流将引：即将流转和引领。
9. 双雁行：两行大雁般的舞蹈行列。
10. 欢来何晚：欢乐来临的多么晚。

【赏析】

《齐白纻》是一首七言诗，描写了当时流行的乐舞“白纻舞”。《白纻舞》根据古籍记载，最早出现于三国时期的吴国。吴国统治着长江中下游一带，其中有些地区出产纻布和纻麻，也盛行用纻麻织布。那些织造白纻的女工，用一些很简单的舞蹈动作来赞美自己的劳动成果，创造了《白纻舞》的最初形态，并在民间广为流传。到了晋代，《白纻舞》逐渐受到封建贵族的喜爱，已至成为宫廷常备娱乐节目，表演极为频繁，到了唐代，许多著名诗人，像李白、王建、柳宗元、元稹等，都写过歌咏《白纻舞》的诗作。

咏舞诗

王　暕

从风回绮袖，映日转花钿。
同情依促柱，共影赴危弦。

【注释】

1. 回：双臂的舒展自如，躯体的回旋若飞。

2. 花钿（diàn）：用金玉珠翠制成花朵形的头饰。

3. 柱：是瑟筝等弦乐器上赖以支弦的木制码子，柱近则弦紧，故称促柱。

4. 危：本为高峻貌，此处用以形容音节急促，故危弦意同急弦。

5. 依：这里指随着乐曲情感起伏而改变舞姿。

6. 赴：这里指轻盈优美的美好身影。

【赏析】

南朝文士多有戏美姬、咏歌舞之作，描写女子的容颜、服饰、歌姿、舞态。王暕的《咏舞》则在艺术表现上别出机杼，摈弃人物的外形摹写，着重从动态中传神。诗的一二两句，以简练的笔墨，运实入虚，烘托出舞者的精湛舞技。后两句通过舞蹈与音乐的协调来烘托情感。整体描绘了一个丰姿绰约、舞技高超而又情感丰富、善解音律的舞者动态形象。

白纻辞二首

萧 衍

硃丝玉柱罗象筵，飞琯促节舞少年。
短歌流目未肯前，含笑一转私自怜。

纤腰裊裊不任衣，娇怨独立特为谁。
赴曲君前未忍归，上声急调中心飞。

【赏析】

这两首白纻辞，以圆熟流丽的语言抒发舞者之美，是此类作品中的佳作。在诗歌体式上，萧衍诗不像其他同类诗为六到八句的长诗，而是仅有四句的短诗。诗句虽短，却把舞者所处的环境、伴奏的乐器以及舞者的年龄、舞姿、表情描摹得准确到位。

咏舞诗

杨　皦

红颜自燕赵，妙妓迈阳阿，
就行齐逐唱，赴节暗相和，
折腰送馀曲，敛袖待新歌，
嚬容生翠羽，曼睇出横波，
虽称赵飞燕，比此讵成多。

【注释】

1. 暗（àn）：有缄默不语、晦暗、了解、忽然等意义。

2. 馀（yú）：用“余”意义可能混淆时，用“馀”以区分，多见古文。

3. 嚬（pín）：皱眉。古同“颦”。

4. 曼睇（dì）：含情流盼；媚视。

5. 讵（jù）：意为“包罗万象”，引申为任何情况。

咏舞诗二首

萧 纲

戚里多妖丽，重娉箧燕余；
逐节工新舞，娇态似凌虚。
扇开衫影乱，巾度履行疏；
徙劳交甫忆，自愧专城居。

【赏析】

作者萧纲，是南北朝时期梁朝皇帝、文学家。此诗描写了《扇舞》或《巾舞》。喜欢推陈出新的梁朝文艺家们将男子武舞性质的《公莫舞》改编为女子文舞。

可怜二八初，逐节似飞鸿；
悬胜河阳妓，暗与淮南同。
入行看履进，转面望鬟空；
腕动苕华玉，衫随如意风。
上客何须起，啼乌曲未终。

【赏析】

此诗从“履进”“转面”“腕动”“衫随”，描绘了一位踏着音乐节奏翩翩起舞的少女舞姿之美。“如意”是舞蹈用具，手执如意翩翩起舞称为“如意舞”。“腕动苕华玉，衫随如意风”，表现出宫女手腕上的玉饰随着舞蹈节奏的跳动，发出清脆悦耳的响声；美人们宽大的衣衫和着如意一起旋转，形成一阵阵有韵律的轻风，具有观赏性。

应令咏舞诗

刘　遵

倡女多艳色，入选尽华年；
举腕嫌衫重，回腰觉态妍。
情绕阳春吹，影逐相思弦；
履度开裾褶，鬟转匝花钿。
所愁余曲罢，为欲在君前。

【注释】

1. 匝：环绕。
2. 花钿：古时妇女脸上的装饰。

应令咏舞诗

王 训

新妆本绝世，妙舞亦如仙；
倾腰逐韵管，敛色听张弦。
袖轻风易入，钗重步难前；
笑态千金动，衣香十里传。
特比双飞燕，定当谁可怜。

【注释】

1. 应令：响应诏令。
2. 管：吹奏的乐器。

咏舞诗

何　逊

逐唱回纤手，听曲动蛾眉；
日暮能留客，相看讵此时。

【注释】

1. 蛾眉：眉毛，可指美人。
2. 讵：岂可，怎能。

和咏舞诗

左丘明

回履裾香散，飘衫钿响传；
低钗依促管，慢睇入繁弦。

【注释】

1. 裾：衣服的大襟。
2. 钿：金属宝物镶在器物上作装饰。
3. 促管：旋律加快。
4. 繁弦：旋律急促。

舞就行诗

刘孝仪

依歌移弱步，傍烛艳新妆；
徐来翻应节，去去反成行。

【注释】

1. 依：随着。
2. 应节：和着节拍。

咏舞诗二首

庾肩吾

飞凫袖始拂，啼乌曲未终；
聊因断续唱，试托往还风。

歌声临画阁，舞袖出芳林；
石城听若远，前溪应几深。

【注释】

1. 啼乌曲：指“乌夜啼”曲。
2. 聊：姑且；依赖。
3. 因：顺着。
4. 前溪：古代吴地。古乐府曲名。

咏舞诗

何敬容

因风且一顾，扬袂隐双蛾；
曲终情未已，含睇目增波。

【注释】

1. 扬袂：举袖。
2. 双蛾：指双眉或美人。
3. 含睇：含情而视。

咏舞诗

徐 陵

十五属平阳，因来入建章；
王家能教舞，城中巧画妆。
低鬟向绮席，举袖拂花黄；
烛送空边影，衫传合里香。
当由好留客，故作舞衣长。

【注释】

1. 建章：古代建筑。
2. 低鬟（huán）：低头。美人娇羞之态。
3. 绮（qǐ）席：华丽的席具。盛美的筵席。

咏舞女

梁江洪

腰纤蔑楚媛，体轻非赵姬。
映襟阗宝粟，缘肘挂珠丝。
发袖已成态，动足复含姿。
斜睛若不眄，当转复迟疑。
何渐云鹤起，讵减凤鸾时。

【注释】

1. 楚媛：楚地美女。
2. 映襟阗宝粟：舞蹈的衣襟上都是珍宝。阗，充满。
3. 何渐云鹤起：逐渐地舞动起来轻如云鹤。

白纻曲

刘　铄

仙仙徐动何盈盈，玉腕俱凝若云行。
佳人举袖耀青蛾，掺掺擢手映鲜罗。
状似明月泛云河，体如轻风动流波。

【赏析】

“轻柔美”本为汉魏以来女性舞者追求的一种舞蹈胜境，如汉代的赵飞燕“体轻腰弱”，善为“掌上舞”，故为汉成帝的专宠。萧梁时，羊侃家有“舞人张静婉，腰围一尺六寸，时人咸推能掌中舞”。这些舞者所追求的掌上舞的境界，正是体态轻盈的表现。而白纻舞为南朝宫廷舞，对轻柔的舞者技艺十分推崇。“状似明月泛云河，体如轻风动流波”，要求舞者身体徐动，似轻风、若流云、如仙人般轻盈飘逸。掺掺（xiān），意思是女手纤美。

咏舞诗

庾　信

洞房花烛明，燕余双舞轻；
顿履随疎节，低鬟逐上声。
步转行初进，衫飘曲未成；
鸾回镜欲满，鹤顾市应倾。
已曾天上学，讵是世中生。

【注释】

1. 顿履：随着音乐节拍踏足。
2. 低鬟：低头。
3. 鸾回：鸾鸟回旋飞翔，常比喻舞姿。
4. 鹤顾：如鹤之侧首而视。

咏舞

杨师道

二八如同雪，三春类早花。
分行向烛转，一种逐风斜。

【注释】

1. 杨师道：唐朝宰相。
2. 三春：农历正月称孟春，二月称仲春，三月称季春。
3. 类：相似。

踏歌词三首

谢偃

春景娇春台，新露泣新梅。
春叶参差吐，新花重叠开。
花影飞莺去，歌声度鸟来。
倩看飘飖雪，何如舞袖回。

逶迤度香阁，顾步出兰闺。
欲绕鸳鸯殿，先过桃李蹊。
风带舒还卷，簪花举复低。
欲问今宵乐，但听歌声齐。

夜久星沉没，更深月影斜。
裙轻才动佩，鬟薄不胜花。
细风吹宝袜，轻露湿红纱。
相看乐未已，兰灯照九华。

【注释】

1. 逶迤：蜿蜒曲折。

2. 蹊：小路。

【赏析】

踏歌是中国传统民间舞蹈，又名跳歌、打歌等，从汉唐及至宋代，都广泛流传。它是一种群舞，舞者成群结队，手拉手，以脚踏地，边歌边舞。据《后汉书·东夷列传》记载："昼夜酒会，群聚歌舞，舞辄数十人相随，踏地为节。"到了唐代，踏歌一方面在民间更为广泛地流传，成为一种群众自娱性活动；另一方面，被改造加工成为宫廷舞蹈，出现了缭踏歌、踏金莲、踏歌辞等宫廷舞乐。唐睿宗先天二年（713年）元宵节，皇家在安福门外举行有千余妇女参加的踏歌舞会，人们在高20余丈、燃着5万盏灯的美丽辉煌的灯轮下载歌载舞，跳了三天三夜，场面极为壮观，正如顾况的《听山鹧鸪》中所言"踏歌接天晓"。

踏歌词二首

崔　液

彩女迎金屋，仙姬出画堂。
鸳鸯裁锦袖，翡翠帖花黄。
歌响舞分行，艳色动流光。

庭际花微落，楼前汉已横。
金壶催夜尽，罗袖拂寒轻。
乐笑畅欢情，未半着天明。

【注释】

1. 汉：河汉，银河。
2. 金壶：酒壶的美称。也可是铜壶。
3. 流光：流动、闪烁的光彩。如水般流泻的月光。

咏舞

虞世南

繁弦奏渌水，长袖转回鸾。
一双俱应节，还似镜中看。

【注释】

1. 渌水：古曲名。
2. 回鸾：古代舞曲名。
3. 应节：应合节拍。

【赏析】

此诗用比喻和借代等方式写了音乐的繁复与舞姿的曼妙，诗中形容两位舞者的动作合乎音律且整齐划一，像镜影一样。

咏舞

萧德言

低身锵玉佩，举袖拂罗衣。
对檐疑燕起，映雪似花飞。

【注释】

1. 锵：撞击金属器物的声音。
2. 罗衣：指轻软丝织品制成的衣服。

开元字舞赋

平 冽

礼以训俗，乐以移风，粤我皇兮是崇。字以形言，舞以象德，肇开元兮是则。是知圣人之合舞也，既所以诞敷文教，亦所以拟象周旋，自我作古，示不相沿。岂比夫汉主习五行之典，虞后陈两阶之前，干戚之容虽备，文字之旨未全。何以哉？尽善尽美，待吾君其具焉，望之如云，圣人为君，横御楼于北极，张古乐于南薰。八佾之羽仪繁会，七盘之绮裒缤纷，雷转风旋，应鼍鼓以赴节；鸾回鹤举，循鸟迹以成文。周瑜之顾不作，苍颉之字爰分，竦万方之壮观，邈千古之未闻。其渐也，左之右之，以引以翼，整神容而裔裔，被威仪而抑抑。烟霏桃李，对玉颜而共春；日照晴霓，间罗衣而一色。雾縠从风，宛若惊鸿，匿迹于往来之际，更衣于倏忽之中。始纡朱而曳紫，旋布绿而攒红，傅仲之词，徒欲歌其俯仰。离娄之目，会未识其变通。懿夫乍绩乍绝，将超复发，启皓齿以迎风，腾星眸而吐月。摇动赴度，或乱止以成行；指顾应声，乃徐行而顺节。且歌者所以导志，舞者所以饰情，观其容也，或以移乎风俗；察其字也，或以表乎贞明。振古不睹，斯今独荣，掩《云门》而夺《大章》，鄙《咸池》而陋《六英》。一人有作，万物咸亨，臣固迷于日用，愿颂美兮载厥声。

【赏析】

唐朝乐舞空前繁荣，其宫廷乐舞除宴飨娱乐之外亦有“舞象功德”之意，唐代天宝年间的殿中侍御史平冽写下了《开元字舞赋》，真实地记录了唐代的乐舞，同时这也是历史上较早的字舞。

舞马篇

薛　曜

星精龙种竞腾骧，双眼黄金紫艳光。
一朝逢遇升平代，伏皂衔图事帝王。
我皇盛德苞六宇，俗泰时和虞石拊。
昔闻九代有余名，今日百兽先来舞。
钩陈周卫俨旌旄，钟镈陶匏声殷地。
承云嘈嚸骇日灵，调露铿鈜动天驷。
奔尘飞箭若麟螭，蹑景追风忽见知。
咀衔拉铁并权奇，被服雕章何陆离。
紫玉鸣珂临宝镫，青丝彩络带金羁。
随歌鼓而电惊，逐丸剑而飙驰。
态聚足甫还急，骄凝骤不移。
光敌白日下，气拥绿烟垂。
婉转盘跚殊未已，悬空步骤红尘起。
惊凫翔鹭不堪俦，矫凤回鸾那足拟。
蘅垂桂裛香氛氲，长鸣汗血尽浮云。
不辞辛苦来东道，只为箫韶朝夕闻。
闾阖间，玉台侧，承恩煦兮生光色。
鸾锵锵，车翼翼，备国容兮为戎饰。
充云翘兮天子庭，荷日用兮情无极。

吉良乘兮一千岁，神是得兮天地期。

大易占云南山寿，蹀躞共乐圣明时。

【注释】

1. 腾骧：飞腾、奔腾。形容高昂超卓。

2. 苞：茂盛。

3. 拊：拍。同“抚”。器物的柄。

4. 俨：恭敬，庄重。整齐的样子。

5. 旌旄：军中用以指挥的旗子。泛指旗帜。

6. 陶匏（páo）：古代一种陶质礼器。

7. 嘈囋（zá）：声音杂乱，喧闹。

8. 铿鈜（kēnghóng）：象声词，形容声音洪亮。

9. 蹑：踩，踏。跟随，轻步行走的样子。

10. 雕章：精心修饰文辞。犹美文。

11. 鸣珂：指显贵者所乘的马以玉为饰。

12. 阊阖：典故名，典出《淮南子地形训》《楚辞·离骚》。原指传说中西边的天门，后义项颇多，泛指宫门或京都城门，借指京城、宫殿、朝廷等。亦指西风。

13. 云翘：乐舞名。

14. 蹀躞（diéxiè）：小步走路的样子。

【赏析】

“舞马”指一种表演。盛唐乐舞隆盛，其中一项精彩节目就是舞马。玄宗曾命教舞马四百蹄，每逢中秋节宴设宴会，便舞于勤政楼下。若寻常宴会，则先奏坐部伎，次奏立部伎，次奏蹀马（即舞马），次奏散乐。

祠渔山神女歌

王 维

迎神

坎坎击鼓，渔山之下。
吹洞箫，望极浦。女巫进，纷屡舞。
陈瑶席，湛清酤。风凄凄，又夜雨。
不知神之来兮不来，使我心兮苦复苦。

送神

纷进舞兮堂前，目眷眷兮琼筵。
来不言兮意不传，作暮雨兮愁空山。
悲急管兮思繁弦，神之驾兮俨欲旋。
倏云收兮雨歇，山青青兮水潺湲。

【注释】

1. 坎坎：击鼓声。

2. 洞箫：古管乐器。古代的箫，用许多竹管编排在一起做成，称为排箫。排箫各管都用蜡封住底部，其无底者则谓之洞箫。

3. 湛：澄。

4. 酤：酒。

5. 眷眷：顾盼貌。

6. 作暮雨：即“暮为行雨”之意。

7. 急管繁弦：急促而细碎的乐声。

8. 俨：整齐貌。

【赏析】

渔山，一名吾山，在东阿县（今山东阳谷县东北阿城镇）东南二十里。渔山神女，即成公智琼，参见《搜神记》。这首诗描绘了人们迎神、送神的巫舞场面。巫舞的历史久远，其种类大致分为祈神降福、谢神感恩和超度亡灵，从这首诗作我们得以一窥唐代巫舞。

白纻辞三首

李　白

扬清歌，发皓齿，北方佳人东邻子。
且吟白纻停绿水，长袖拂面为君起。
寒云夜卷霜海空，胡风吹天飘塞鸿。
玉颜满堂乐未终，馆娃日落歌吹濛。

月寒江清夜沉沉，美人一笑千黄金。
垂罗舞縠扬哀音。郢中白雪且莫吟，子夜吴歌动君心。
动君心，冀君赏。愿作天池双鸳鸯，一朝飞去青云上。

吴刀剪彩缝舞衣，明妆丽服夺春晖，
扬眉转袖若雪飞，倾城独立世所稀。
激楚结风醉忘归，高堂月落烛已微，玉钗挂缨君莫违。

【注释】

1. 扬清歌，发皓齿：露出洁白的牙齿，唱出高亢清亮的歌曲。扬，飞扬，升高。歌，一作“音”。发，启，开。皓，洁白。此二句为倒装句，为了押韵和突出歌声。

2. 北方佳人东邻子：二者皆指美人。

3. 且：一作“旦”。

4. 绿水：古舞曲名。《淮南子·俶真训》："足蹀《阳阿》之舞，手会《绿水》之趋。"高诱注："《绿水》，舞曲也。"

5. 霜海：降霜地域之大。

6. 胡风：北风。

7. 馆娃：春秋吴宫名，吴人称美女为娃，吴王夫差曾在砚石山为西施作宫。

8. 濛（méng）：一作"中"。

9. 縠（hú）：绉纱。

10. 郢（yǐng）：春秋楚国都城。

11. 子夜吴歌：《乐府古题要解》："《子夜》，旧史云：晋有女子曰子夜，所作声至哀，后人因为四时行乐之词，谓之《子夜四时歌》，吴声也。"

12. 天池：天上仙界之池。

13. 激楚、结风：皆古歌曲名。《汉书》司马相如《上林赋》："鄢郢缤纷，激楚结风。"

14. 缨：男子冠带。

【赏析】

《白纻辞三首》是唐代诗人李白的组诗作品。第一首诗盛称歌者相貌美，歌声美，舞姿美，即使在寒苦的塞外，阴冷的霜夜，也给满堂听众带来无限欢乐。第二首诗写一位歌女舞姿优美，歌声感人，欲与心爱之人双飞双栖。第三首诗写一位歌妓歌舞至夜深人静时，情绪激动，歌舞节拍急迫迅疾。白纻辞是古乐府题名，一作"白苎辞"。《乐府古题要解》："《白苎辞》，古辞，盛称舞者之美，宜及芳时行乐。其誉白苎曰质如轻云色如银，制以为袍余作巾，袍已光驱巾拂尘。"清王琦注：旧史称白苎，吴地所出。白苎舞，本吴舞也。

高句丽

李　白

金花折风帽，白马小迟回。
翩翩舞广袖，似鸟海东来。

【注释】

1. 折风：是一种像汉族人所戴的帽子，本来是高句丽中的“贱者”所用，不加金饰。李白诗中却说“金花折风帽”，显然他所见是帽上加金饰的“贵者”了。

2. 海东：主要指渤海以东的辽东之地。

【赏析】

《高句丽》以简洁、生动的笔墨再现了高句丽人的形象。唐代有大批高句丽人移居到中原地区甚至黄河以南，据《魏略》记叙：“高丽好歌舞，其人自喜跪拜。……大加主著帻，帻无后；小加著折风，形如弁。”又据梁元帝《职贡图》云：“高丽妇人衣白，而男子衣缬锦，饰以金银。贵者冠帻，而后以金银为鹿耳加之帻上；贱者冠折风。”所以，《翰苑》中说高句丽族“插金羽以明贵贱”。

裴将军剑舞赋

乔 潭

后元年秋九月，羽林裴公献戎捷于京师，上御花萼楼，大置酒，酒酣，诏将军舞剑，为天下壮观，遂赋之。其词曰：

将军以幽燕劲卒，耀武穷发。俘海夷，虏山羯。左执律，右秉钺。振旅阗阗，献功于魏阙。上享之，则钟以悍簴，鼓以灵鼍。千伎度舞，万人高歌。秦云动色，渭水跃波，有肉如山，有酒如河。君臣乐饮而一醉，夷夏薰薰而载和。帝谓将军，拔剑起舞，以张皇师旅，以烜赫戎虏。节八音而行八风，奋两阶之干羽。

公于是乎贝胄朱而作色，虎裘锦裼而攘臂。抗棱威，飘锐气，陆离乎武备，婆娑乎文事。合《桑林》之容以尽其意，照莲花之彩以宣其利。翕然膺扬，翼尔龙骧，锋随指顾，锷应回翔。取诸身而耸擢，上其手以激昂。纵横耀颖，左右交光。观乎此剑之跃也，乍雄飞，俄虎吼，摇辘轳，射斗牛。空中悍慓，不下将久。欻风落而雨来，累惬心而应手。

尔其陵厉清浮，绚练夐绝，青天兮可倚，白云兮可决。睹二龙之追飞，见七星之明灭，杂朱干之逸势，应金奏之繁节。至乃天轮宛转，贯索回环，光冲融乎其外，气浑合乎其间。若涌雪涛，如飞云山。万夫为之雨汗，八佾为之惭颜。及乎度曲将终，发机尤捷，或连翩而七纵，或瞬息而三接。

风生兮蒨旆襜襜，电走兮彤庭晔晔。阴明变见，灵怪离猎，将鬼神之无所遁逃，岂蛮夷之不足震慑。

嗟夫，兰子之迭跃，其技未雄；仲由之自卫，其舞未工。岂若将军为百夫之特，宝剑有千金之饰，奋紫髯之白刃，发帝庭之光色。所以象大君之功，亦以宣忠臣之力。或歌曰："洸洸武臣，耀雄剑兮清边尘，威戎夷兮率来宾。焉用轻裾之妓女，长袖之才人。"天子穆然，诏伶官，斥郑卫。选色者使觇乎军容，教舞者俾观乎兵势。激楚结风，发扬蹈厉。佥谓将军之剑舞，古未之制。

【注释】

1. 后元年：《唐文粹》作"元和年秋九月"，《全唐文》作"元和秋七月"，皆误。后元年指玄宗即位后第二个元年，亦即天宝元年。

2. 花萼楼：唐玄宗开元二年建，在兴庆宫西。

3. 幽燕：今河北省北部及辽宁省一带。古代燕赵之地。

4. 穷发：北方不毛之地。

5. 海夷：古代东方沿海的民族。

6. 山羯（jié）：古匈奴族别部。

7. 钺（yuè）：古兵器，状如大斧。

8. 阗（tián）阗：声势浩大。

9. 魏阙：古代宫门外的阙门，为悬布法令处。此代指朝廷。

10. 捍簴（jù）：坚实的钟架。

11. 灵鼍（tuó）：指用鼍皮蒙的鼓。

12. 度舞：跳舞。

13. 张皇：光辉炫耀。

14. 烜（xuān）赫：声威震撼。

15. 干羽：《尚书·大禹谟》："帝乃诞敷文德，舞干羽于两阶。"后以干羽泛称庙堂舞蹈。干，盾。羽，羽扇。皆为舞者所执舞具。武舞执干，文舞执羽。

16. 裼（xī）：裘上加的外衣。

17. 陆离：参差错综貌。

18. 婆娑：轻扬盘旋貌。

19. 莲花：宝剑名。

20. 翕（xī）然：合拢貌。鹰扬：鹰展翅奋飞貌。

21. 翼尔：伸展貌。

22. 龙骧（xiāng）：龙腾跃、昂举。

23. 指顾：手指目视。

24. 锷（è）：剑刃。回翔：鸟盘旋飞行，此指剑回旋转折。

25. 擢：耸起。

26. 颖：剑芒。

27. 乍：刚。

28. 俄：顷刻。

29. 辘轳：古剑名。其剑柄用玉作成辘轳形。

30. 牛斗：星宿名。

31. 陵厉：气势猛烈。

32. 绚练：疾速。

33. 敻绝：寥远。

34. 二龙：一双宝剑。

35. 七星：宝剑名。

36. 朱干：红色大盾。

37. 逸势：超绝的气势。

38. 金奏：击钟、镈奏乐。

39. 贯索：星宿名，属天市垣，共九星。

40. 八佾（yì）：古代天子专用的舞乐，纵横各八人，共六十四人。佾，舞列。

41. 度（duó）曲：按曲谱歌唱。此指专供舞剑的音乐。

42. 发机：剑舞中最绝妙的动作。机，极细微的迹象。

43. 连翩：接继不断。

44. 蒨（qiàn）旆：绛色旗子。襜（chān）襜：摇动貌。

45. 彤庭：指皇宫。晔（yè）晔：光闪貌。

46. 变见（xiàn）：变化显现。

47. 离躐（liè）：逃跑。躐，踏。

48. 仲由：字子路，亦字季路，孔子弟子。

49. 特：杰出。

50. 紫髯：孙权紫髯，见《三国志·吴志·孙权传》裴松之注引《献帝春秋》。此用孙权射虎事。

51. 洸（guāng）洸：威武貌。

52. 率：都。来宾：来做宾，臣服。

53. 轻裾：轻薄的衣服。

54. 才人：宫廷女官。

55. 伶官：乐官。

56. 俾（bì）：使。

57. 激楚、结风：均古歌名，曲调高亢凄清。

58. 佥（qiān）：皆，众。

59. 制：舞式。

【赏析】

裴旻是唐代开元时期的人物，曾镇守北平郡（治今河北卢龙），据记载官至“左金吾大将军”，军功卓著，尤擅剑舞。《新唐书》“李白传”云：“文宗时诏以白歌诗、裴旻剑舞、张旭草书为三绝。”颜真卿《赠裴将军》：“大君制六合，猛将清九垓。战马若龙虎，腾凌何壮哉。将军临八荒，烜赫耀英材。剑舞若游电，随风萦且回。登高望天山，白云正崔嵬。入阵破骄虏，威名雄震雷。一射百马倒，再射万夫开。匈奴不敢敌，相呼归去来。功成报天子，可以画麟台。”唐代乔潭的《裴将军剑舞赋》对其高超技艺描述最详。裴旻的剑舞不仅让诗人称颂，而且还让画家吴道子产生了灵感。裴旻因母亲去世，想请大画家吴道子在天宫寺作壁画超度亡魂，吴道子说，先请将军舞一曲好启发我。裴旻当即脱去孝服，持剑作舞，众多围观者为之震惊、赞叹不已，吴道子也被那猛厉的气势感动，画思敏捷，挥毫图壁，很快一幅壮为观止的壁画就绘成了。

舞

李　峤

妙伎游金谷，佳人满石城。
霞衣席上转，花岫雪前朝。
仪凤谐清曲，回鸾应雅声。
非君一愿重，谁赏素腰轻。

【注释】

1. 妙伎：表演歌舞演奏乐曲的人，一般是罪臣家人被贬为伎。

2. 金谷：金谷镇位于今福建省晋江西溪中游，距安溪县城 17 公里，邻近清水岩。名胜古迹有暮云山新石器文化遗址、太王陵墓等。

【赏析】

《舞》描绘一位舞伎的优美舞姿，诗人用这首诗，用舞蹈作为铺垫，希望朝廷能重新重用自己，同时也表达了内心的情感纠葛。

赠张云容舞

杨玉环

罗袖动香香不已，红蕖袅袅秋烟里。
轻云岭上乍摇风，嫩柳池边初拂水。

【赏析】

张云容是唐玄宗时期宫内颇为有名的舞人。传说杨玉环随侍唐玄宗，命侍儿张云容献舞。张云容罗袖轻舒，鸾腰曼转，翩翩起舞，杨玉环兴致大发，即席写下这首七绝。

苏摩遮五首

张　说

摩遮本出海西胡，琉璃宝服紫髯胡。
闻道皇恩遍宇宙，来将歌舞助欢娱。

绣装帕额宝花冠，夷歌骑舞借人看。
自能激水成阴气，不虑今年寒不寒。

腊月凝阴积帝台，豪歌急鼓送寒来。
油囊取得天河水，将添上寿万年杯。

寒气宜人最可怜，故将寒水散庭前。
唯愿圣君无限寿，长取新年续旧年。

昭成皇后帝家亲，荣乐诸人不比伦。
往日霜前花委地，今年雪后树逢春。

【赏析】

诗中有描写唐代曾经流行的“泼寒胡戏”。相传是大秦国（东罗马帝国）的习俗，后经丝绸之路传到西域，又传到内地，类似于至今仍流行于傣族地区的泼水节。不过“泼寒胡戏”是在十一月的寒冬季节进行。届时旗帜飘扬，鼓声震天，人们穿着胡服骑着骏马，有的戴着兽面，有的裸露着身体，相互泼水嬉戏，奔驰追逐，喧噪喊叫，尽情欢乐，成群结队跳着《浑脱》舞蹈，唱起《苏摩遮》歌曲，真像是军队一样的阵势，简直如战争一般的火爆，说是这样能够压火去病。从唐武则天当政末年兴起，到中宗时已大为盛行，一时间上上下下都热衷于此。唐玄宗即位之后，对这种比较粗放的外来风俗不大赏识，加之朝臣极力进谏，在开元元年（公元713年）十月中旬，玄宗颁了“禁断”此俗的诏书。这种在中原地区渐成蔓延之势的群众性泼水及歌舞游乐活动，就逐渐绝迹了。

咏王大娘戴竿

刘晏

楼前百戏竞争新，唯有长竿妙入神。
谁谓绮罗翻有力，犹自嫌轻更著人。

【注释】

1. 楼：指勤政楼。
2. 百戏：指音乐、舞蹈、曲艺、杂技等。
3. 绮罗：指妇女穿的有纹彩的丝织品，此处指王大娘。
4. 翻：反而，反倒。
5. 著：一作“着”。

【赏析】

《咏王大娘戴竿》再现了唐玄宗勤政楼前人们观赏百戏的热闹场面，对王大娘过人的力量和神妙的技艺表示了由衷的赞叹。

田使君美人舞如莲花北铤歌

岑 参

美人舞如莲花旋，世人有眼应未见。
高堂满地红氍毹，试舞一曲天下无。
此曲胡人传入汉，诸客见之惊且叹。
曼脸娇娥纤复秾，轻罗金缕花葱茏。
回裾转袖若飞雪，左旋右旋生旋风。
琵琶横笛和木匝，花门山头黄云合。
忽作出塞入塞声，白草胡沙寒飒飒。
翻身入破如有神，前见后见回回新。
始知诸曲不可比，采莲落梅徒聒耳，
世人学舞只是舞，姿态岂能得如此。

【注释】

1. 使君：对州郡长官的称呼。

2. 美人：指舞女，田使君家中的歌伎。

3. 如莲花：舞姿美艳，好似莲花。

4. 北铤（chán）：舞蹈的名称，从诗中描写看，似以多有旋转动作为其主要特征。

5. 北同城：地名，疑为西北边地小城。

6. 氍毹（qúshū）：毛织的地毯。

7. 纤复秾（nóng）：体态匀称，不胖不瘦。秾，本指草木繁盛，这里指体态丰满。

8. 轻罗：轻而薄的丝绸。

9. 金缕花葱茏：说舞女衣服上金线绣出的花朵十分生动逼真。葱茏，草木繁盛。

10. 裾（jū）：衣服前襟。

11. 左鋋右鋋：鋋，古代一种铁柄短矛，易手上旋转。这里将旋转的舞女比作鋋。

12. 匝（zā）：一周，一通。

13. 花门山：山名，在今内蒙古境内。这里借指边地。

14：出塞、入塞：均为乐府曲名。

15. 白草：牧草，干熟时呈白色。

16. 入破：唐代大曲一般分散序、中序、破三大段。入破即乐曲进入第三段。

17. 采莲：曲名，梁武帝作。

18. 聒（guō）耳：形容声音杂乱刺耳。

【赏析】

《田使君美人舞如莲花北鋋歌》所描绘的是诗人亲见的一场美妙绝伦的舞蹈表演。岑参在诗中对舞者轻盈的舞姿、美丽的面庞、纤巧的手指、流盼的眼神描绘得淋漓尽致，运用白描、比喻、夸张等手法，想象飞驰、语言形象、出神入化。

咏谈容娘

常非月

举手整花钿，翻身舞锦席。
马围行处匝，人簇看场圆。
歌索齐声和，情教细语传。
不知心大小，容得许多怜？

【赏析】

此诗描写了唐代歌舞戏《踏摇娘》。《踏摇娘》是起源于南北朝时代的一种歌舞性戏剧表演，盛行于唐代，又称“谈容娘”。剧中主角是一位能歌善舞，却遇人不淑的女性。她的丈夫酗酒，容貌丑陋，脾气火暴，还老拿老婆出气，每逢此境况，谈容娘就会向邻里哭诉，大家都很同情她。

观公孙大娘弟子舞剑器行

杜 甫

昔有佳人公孙氏，一舞剑器动四方。
观者如山色沮丧，天地为之久低昂。
霍如羿射九日落，矫如群帝骖龙翔。
来如雷霆收震怒，罢如江海凝清光。
绛唇珠袖两寂寞，晚有弟子传芬芳。
临颍美人在白帝，妙舞此曲神扬扬。
与余问答既有以，感时抚事增惋伤。
先帝侍女八千人，公孙剑器初第一。
五十年间似反掌，风尘澒洞昏王室。
梨园弟子散如烟，女乐余姿映寒日。
金粟堆南木已拱，瞿唐石城草萧瑟。
玳筵急管曲复终，乐极哀来月东出。
老夫不知其所往，足茧荒山转愁疾。

【注释】

1. 公孙大娘：唐玄宗时的舞蹈家。

2. 弟子：指李十二娘。

3. 剑器：指唐代著名的武舞，舞者为戎装女子。

4. 大历二年：公元 767 年。

5. 开元三载：公元717年。

6. 剑器浑脱：《浑脱》是唐代流行的一种武舞，把《剑器》和《浑脱》综合起来，成为一种新的舞蹈。

7. 骖（cān）：古代驾在车前两侧的马。

8. 倾动：一作“澒（hòng）洞”。

9. 瞿（qú）唐：即瞿塘峡。

10. 玳（dài）筵：玳瑁筵。

【赏析】

作者在目睹李十二娘舞剑器后，触景生情，忆起童年观看其师公孙大娘舞剑的情景，赞其舞技超伦。全诗气势雄浑，写于作者55岁之时，借咏李氏思公孙，咏公孙而思先帝，感人事之蹉跎，忆先帝之盛世，感今日之衰落。

即事

杜　甫

百宝装腰带，真珠络臂鞲。
笑时花近眼，舞罢锦缠头。

【注释】

1. 臂鞲（gōu）：作用于手臂的防护，大体出现于魏晋南北朝时期。

2. 缠头：古时歌舞的人把锦帛缠在头上作妆饰，叫“缠头”。

王郎中妓席五咏·舞

顾　况

汗浥新装画不成，
丝催急节舞衣轻。
落花绕树疑无影，
回雪从风暗有情。

【注释】

1. 汗浥（yì）新装画不成：指舞时汗水湿润了衣衫，表明舞蹈急促。浥，湿润。

2. 丝催急节舞衣轻：乐声很急促，解释了上句为何汗浥新装。

夜宴观石将军舞

李　益

微月东南上戍楼，琵琶起舞锦缠头。
更闻横笛关山远，白草胡沙西塞秋。

【注释】

1. 微月：指农历月初的月亮。
2. 戍楼：边防驻军的瞭望楼。

胡腾儿

李　端

胡腾身是凉州儿，肌肤如玉鼻如锥。
桐布轻衫前后卷，葡萄长带一边垂。
帐前跪作本音语，拈襟搅袖为君舞。
安西旧牧收泪看，洛下词人抄曲与。
扬眉动目踏花毡，红汗交流珠帽偏。
醉却东倾又西倒，双靴柔弱满灯前。
环行急蹴皆应节，反手叉腰如却月。
丝桐忽奏一曲终，呜呜画角城头发。
胡腾儿，胡腾儿，故乡路断知不知。

【注释】

1. 《胡腾舞》：中国西北地区的一种舞蹈，以跳跃为主要动作。

2. 胡腾儿：指的是西北少数民族善于歌舞的青年艺人。

3. 凉州：今甘肃武威一带。

4. 桐布：即桐华布，梧桐花细毛织成的布。

5. 葡萄长带：是说长带上的葡萄图案。

6. 音语：言语。汉班固《白虎通·情性》：“耳能遍内外，通音语。”

7. 拾：作“拈”。

8. 揽：作“摆”。

9. 安西：指安西都护府。

10. 牧：官名，州长。

11. 洛下：指洛阳城。

12. 花毡：西域少数民族的一种工艺品，把彩布剪成图案，用羊毛线缝制在白色毡子上。

13. 蹴：踏，踩，踢。

14. 却月：半圆的月亮。

15. 丝桐：指琴。古人削桐为琴，练丝为弦。

16. 画角：古管乐器。传自西羌，表面有彩绘。

奉和圣制中春麟德殿会百寮观新乐

权德舆

仲春蔼芳景，内庭宴群臣。
森森列干戚，济济趋钩陈。
大乐本天地，中和序人伦。
正声迈咸濩，易象含羲文。
玉俎映朝服，金钿明舞茵。
韶光雪初霁，圣藻风自薰。
时泰恩泽溥，功成行缀新。
赓歌仰昭回，窃比华封人。

【注释】

1. 仲春：即春季的第二个月，即农历二月。
2. 森森：形容繁密或者寒冷。
3. 济济：众多。整齐美好。端庄礼敬。
4. 钩陈：后宫或星宫名。
5. 咸濩：尧乐《大咸》与汤乐《大頀》的并称，泛指典雅的古乐。
6. 羲文：伏羲氏和周文王的并称。
7. 玉俎：古代祭祀、设宴时，用以盛牲的礼器。
8. 赓歌：酬唱和诗。
9. 窃比：私自比拟。

观柘枝舞二首

刘禹锡

胡服何葳蕤，仙仙登绮墀。
神飙猎红蕖，龙烛映金枝。
垂带覆纤腰，安钿当妩眉。
翘袖中繁鼓，倾眸溯华榱。
燕秦有旧曲，淮南多冶词。
欲见倾城处，君看赴节时。

山鸡临清镜，石燕赴遥津。
何如上客会，长袖入华裀。
体轻似无骨，观者皆耸神。
曲尽回身处，层波犹注人。

【注释】

1. 葳蕤（wēiruí）：枝叶繁盛。羽毛装饰华丽鲜艳。也可比喻词藻华丽。

2. 神飙：迅疾若有神灵的风。

3. 红蕖：指红荷花。

4. 华榱（cuī）：雕画的屋椽。华丽，华艳。

和乐天柘枝

刘禹锡

柘枝本出楚王家，玉面添娇舞态奢。
松鬟改梳鸾凤髻，新衫别织斗鸡纱。
鼓催残拍腰身软，汗透罗衣雨点花。
画筵曲罢辞归去，便随王母上烟霞。

【注释】

1. 添娇：形容女子打扮。

2. 梳髻：嫁人之后要梳髻，一是身份的表示，二是美观。

3. 鼓催残拍腰身软，汗透罗衣雨点花：在舞蹈接近尾声、节奏越来越快之际，舞女已有不胜之态了，腰身软弱，点点汗迹浸透了罗衫。

踏歌行四首

刘禹锡

春江月出大堤平，堤上女郎连袂行。
唱尽新词欢不见，红霞映树鹧鸪鸣。

桃蹊柳陌好经过，灯下妆成月下歌。
为是襄王故宫地，至今犹自细腰多。

新词宛转递相传，振袖倾鬟风露前。
月落乌啼云雨散，游童陌上拾花钿。

日暮江头闻竹枝，南人行乐北人悲。
自从雪里唱新曲，直至三春花尽时。

【注释】

1. 连袂：手拉着手。

2. 欢：古代对所爱男子的称呼。

3. 鹧鸪：鸟类的一种。

4. 桃蹊柳陌：栽植桃树、柳树之路。蹊和陌均为路的意思。

5. 襄王故宫：本在今河南信阳西北，隋唐时故城久已荒废。

6. 细腰：苗条细腰的美女。

7. 递相：轮流更换。

8. 花钿：女性首饰。

9. 江头：本作“江南”。

10. 三春：春季三个月，农历正月为孟春，二月为仲春，三月为季春。

【赏析】

踏歌，是中国传统民间舞蹈，自汉唐至宋代都广泛流传，为人们所喜爱。舞蹈形式多为群舞，人们成群结队，手拉手，肩并肩，以脚踏地为节，载歌载舞。今人孙颖先生创作的汉唐古典舞《踏歌》可见其貌。

纥那曲

刘禹锡

杨柳郁青青，竹枝无限情。
周郎一回顾，听唱纥那声。
踏曲兴无穷，调同词不同。
愿郎千万寿，长作主人翁。

【赏析】

纥（hé）那指踏曲的和声。竹枝是唐教坊曲名。竹枝词本是巴渝（今四川省东部重庆市一带）民歌的一种。唱时以笛、鼓伴奏，同时起舞，声调宛转动人。刘禹锡任夔州刺史时，依调填词，仿照楚辞九歌，写了数篇佳作，时人争相唱和，流行一时。

泰娘歌

刘禹锡

泰娘家本阊门西，门前绿水环金堤。
有时妆成好天气，走上皋桥折花戏。
风流太守韦尚书，路傍忽见停隼旟。
斗量明珠鸟传意，绀幰迎入专城居。
长鬟如云衣似雾，锦茵罗荐承轻步。
舞学惊鸿水榭春，歌传上客兰堂暮。
从郎西入帝城中，贵游簪组香帘栊。
低鬟缓视抱明月，纤指破拨生胡风。
繁华一旦有消歇，题剑无光履声绝。
洛阳旧宅生草莱，杜陵萧萧松柏哀。
妆奁虫网厚如茧，博山炉侧倾寒灰。
蕲州刺史张公子，白马新到铜驼里。
自言买笑掷黄金，月堕云中从此始。
安知鹏鸟座隅飞，寂寞旅魂招不归。
秦嘉镜有前时结，韩寿香销故箧衣。
山城少人江水碧，断雁哀猿风雨夕。
朱弦已绝为知音，云鬓未秋私自惜。
举目风烟非旧时，梦寻归路多参差。
如何将此千行泪，更洒湘江斑竹枝。

【注释】

1. 泰娘：唐代时的一名歌舞伎，舞态优美轻盈，极富韵味。

2. 隼旟（sǔnyú）：画有隼鸟的旗帜。

3. 绀幰（gànxiǎn）：天青色车幔。

4. 簪组：冠簪和冠带。

公莫舞歌

李　贺

公莫舞歌者，咏项伯翼蔽刘沛公也。会中壮士，灼灼于人，故无复书；且南北乐府率有歌引。贺陋诸家，今重作公莫舞歌云。

方花古础排九楹，刺豹淋血盛银罂。
华筵鼓吹无桐竹，长刀直立割鸣筝。
横楣粗锦生红纬，日炙锦嫣王未醉。
腰下三看宝玦光，项庄掉鞘栏前起。
材官小尘公莫舞，座上真人赤龙子。
芒砀云端抱天回，咸阳王气清如水。
铁枢铁楗重束关，大旗五丈撞双环。
汉王今日须秦印，绝膑刳肠臣不论。

【注释】

1. 方花石础：刻花的方石础。础，柱脚石。楹，堂屋前部的柱子。

2. 刺豹淋血：形容“有杀伐声”（周振甫、冀勤）。

3. 银罂（yīng），银质或银饰的贮器，用以盛流质。

4. 桐竹：泛指管弦乐器。桐指琴瑟之类，竹指箫笛之属。

5. 横楣：门窗上方的横框。

6. 嫣（niān）：通“蔫”，植物失去水分而萎缩，此指颜色不鲜艳。

7. 宝玦（jué）：珍贵的佩玉。

8. 掉鞘：拔剑出鞘。栏，泛指遮拦的东西。

9. 材官：武卒或供差遣的低级武职。

10. 真人：指统一天下的真命天子。

11. 芒砀（dàng）云瑞：芒砀，即芒砀山，在今河南省永城市芒山镇。

12. 楗（jiàn）：门上关插的木条，横为“关”，竖为“楗”。重束，双重控制。

13. 大旗五丈：指刘邦的军队。撞双环，代指攻破关隘。

14. 绝膑：折断膑骨。

15. 刳（kū）肠：剖腹摘肠。

【赏析】

《公莫舞》，古舞名，即后世之巾舞。据沈约《宋书》记载：“《公莫舞》，今之巾舞也。相传云项庄剑舞，项伯以袖隔之，使不得害汉高祖，且语庄云：‘公莫。’古人相呼曰‘公’，云莫害汉王也。今之用巾，盖像项伯衣袖之遗式。”

柘枝舞赋

沈亚之

升鼓堂上，弦吹大奏，命为《柘枝舞》，则皆排目矢座。客曰："今自有土之乐舞堂上者，惟胡部与焉。而《柘枝》益肆于态，诚足以赋其容也。"赋曰：

《柘枝》信其多妍兮，命佳人以继态。撼隆冠之繁珂兮，披文缨于大带。跪闪举以挥谲兮，拖旋襟之襜曳。鹜游思于杳兮，注横波于秾睇。顾巧度之无穷兮，将多变而若云。扬厉唱于鼍鼓兮，俪兰露之芳津。泊旁俯以袅影兮，荡风蕖于横茵。愕兮若惊，驰兮若懒。欻然逴姹，翔然嫣婉。振修袖以抛拂兮，韬纤肱以糅绾。差重锦之华衣，俟终歌而薄袒。

【注释】

1. 秾睇（nóngdì）：注目细看。

2. 鼍（tuó）鼓：用鼍皮蒙的鼓。鼍：爬行动物，体长两米多，背部、尾部均有鳞甲。

【赏析】

《柘枝舞》为西域传入中原的著名乐舞，可独舞，可对舞，身着民族服饰，足穿锦靴，伴奏以鼓为主，舞者在鼓声中出场，有些类似今天新疆的《手鼓舞》。

舞腰

元　稹

裙裾旋旋手迢迢，不趁音声自趁娇。
未必诸郎知曲误，一时偷眼为回腰。

【注释】

1. 裙裾：裙子。借指女性。
2. 回腰：转动腰身。

【赏析】

《舞腰》描写了人物的舞姿，头两句正面描写舞姿，裙裾旋旋，玉手纤纤，靠的不是声音而是绝美的舞姿。后两句侧面描写观者反应，观者回头不是因为“曲误”，而是为了看她“回腰”，更加显出舞者“舞腰”不同之处及观者的喜爱之情。

和李校书新题乐府十二首·胡旋女

元　稹

天宝欲末胡欲乱，胡人献女能胡旋。
旋得明王不觉迷，妖胡奄到长生殿。
胡旋之义世莫知，胡旋之容我能传。
蓬断霜根羊角疾，竿戴朱盘火轮炫。
骊珠迸珥逐飞星，虹晕轻巾掣流电。
潜鲸暗吸笡波海，回风乱舞当空霰。
万过其谁辨终始，四座安能分背面。
才人观者相为言，承奉君恩在圆变。
是非好恶随君口，南北东西逐君眄，
柔软依身著佩带，徘徊绕指同环钏。
佞臣闻此心计回，荧惑君心君眼眩。
君言似曲屈为钩，君言好直舒为箭。
巧随清影触处行，妙学春莺百般啭。
倾天侧地用君力，抑塞周遮恐君见。
翠华南幸万里桥，玄宗始悟坤维转。
寄言旋目与旋心，有国有家当共谴。

【赏析】

《胡旋舞》是通过丝绸之路传来的西域乐舞。此舞的传入，史书中多有记载，主要来自西域民族。胡旋舞节拍鲜明，奔腾欢快，多旋转蹬踏，故名胡旋。伴奏音乐以打击乐为主，与它快速的节奏、刚劲的风格相适应。胡旋女所穿为宽摆长裙，头戴饰品，长袖摆，旋舞起来时，身如飘雪。这首诗元稹虽然有意谴责“荧惑君心君眼眩”的胡旋舞，但又以“骊珠迸珥逐飞星，虹晕轻巾掣流电”，“柔软依身著佩带，徘徊绕指同环钏”等描绘了胡旋舞所呈现的惊人的、难以抗拒的舞容舞态。

和李校书新题乐府十二首·西凉伎

元 稹

吾闻昔日西凉州，人烟扑地桑柘稠。
蒲萄酒熟恣行乐，红艳青旗朱粉楼。
楼下当垆称卓女，楼头伴客名莫愁。
乡人不识离别苦，更卒多为沉滞游。
哥舒开府设高宴，八珍九酝当前头。
前头百戏竞撩乱，丸剑跳踯霜雪浮。
狮子摇光毛彩竖，胡腾醉舞筋骨柔。
大宛来献赤汗马，赞普亦奉翠茸裘。
一朝燕贼乱中国，河湟没尽空遗丘。
开远门前万里堠，今来蹙到行原州。
去京五百而近何其逼，天子县内半没为荒陬，西凉之道尔阻修。
连城边将但高会，每听此曲能不羞。

【注释】

1. 桑柘：指桑木与柘木，另一指农桑之事。
2. 沉滞：积滞、郁积。泛指长期处于某种状况。
3. 蹙（cù）：紧迫。局促不安。
4. 荒陬（zōu）：荒远的角落。

和李校书新题乐府十二首·立部伎

元　稹

胡部新声锦筵坐，中庭汉振高音播。
太宗庙乐传子孙，取类群凶阵初破。
戢戢攒枪霜雪耀，腾腾击鼓云雷磨。
初疑遇敌身启行，终象由文士宪左。
昔日高宗常立听，曲终然后临玉座。
如今节将一掉头，电卷风收尽摧挫。
宋晋郑女歌声发，满堂会客齐喧呵。
珊珊佩玉动腰身，一一贯珠随咳唾。
顷向圜丘见郊祀，亦曾正旦亲朝贺。
太常雅乐备宫悬，九奏未终百寮惰。
淲灖难令季札辨，迟回但恐文侯卧。
工师尽取聋昧人，岂是先王作之过。
宋沇尝传天宝季，法曲胡音忽相和。
明年十月燕寇来，九庙千门虏尘涴。
我闻此语叹复泣，古来邪正将谁奈。
奸声入耳佞入心，侏儒饱饭夷齐饿。

【注释】

1. 胡部新声：胡地乐器奏出、有着异域风情的乐曲。

2. 戢戢（jí）：象声词，形容细小之声。

3. 节将：持节的大将。泛指总军戎者。

4. 摧挫：挫折；损害。

5. 贯珠：成串的珍珠。

6. 圜（yuán）丘：指古代帝王冬至祭天的地方。

7. 正旦：农历正月初一。

8. 太常：官名，秦置奉常，为九卿之一，掌宗庙礼仪。太常寺，唐代乐舞机构。

9. 宫悬：皇帝用乐制度的级别，即宫庭悬挂钟磬的数量与方法。

10. 百寮：亦作百僚，指百官。

11. 惉懘（zhānchì）：意指声音不和谐、烦乱不安。

12. 涴：污、弄脏。

13. 夷齐：指商末孤竹国君的两位王子，长曰伯夷，季曰叔齐。

【赏析】

“立部伎”属于唐代宫廷乐舞。“殿庭宴用立奏”，在堂下（庭院、广场）表演，演出规模大，场面宏伟豪华，舞者多至180人，少则64人。其内容基本都是歌颂皇帝武功与文德。其中一些乐舞如《破阵乐》影响深远，流传海内外，《太平乐》采用的《狮子舞》，《圣寿乐》采用的《字舞》至今仍流传民间。

和李校书新题乐府十二首·骠国乐

元 稹

骠之乐器头象驼，音声不合十二和。
促舞跳趫筋节硬，繁辞变乱名字讹。
千弹万唱皆咽咽，左旋右转空傞傞。
俯地呼天终不会，曲成调变当如何。
德宗深意在柔远，笙镛不御停娇娥。
史馆书为朝贡传，太常编入鞮靺科。
古时陶尧作天子，逊遁亲听康衢歌。
又遣遒人持木铎，遍采讴谣天下过。
万人有意皆洞达，四岳不敢施烦苛。
尽令区中击壤块，燕及海外覃恩波。
秦霸周衰古官废，下堙上塞王道颇。
共矜异俗同声教，不念齐民方荐瘥。
传称鱼鳖亦咸若，苟能效此诚足多。
借如牛马未蒙泽，岂在抱瓮滋鼋鼍。
教化从来有源委，必将泳海先泳河。
是非倒置自古有，骠兮骠兮谁尔诃。

【注释】

1. 跳趫（qiáo）：指腾跃；跳跃。

2. 咽咽：呜咽哀切之声，也形容有节奏的鼓声。

3. 傞（suō）傞：舞个不停。醉舞失态貌。

4. 笙镛（shēngyōng）：亦作“笙庸”，古乐器名。

5. 鞮鞢（dīmò）：古代少数民族的乐舞。

6. 逊遁亲听康衢（qú）歌：逊遁，退避退隐。康衢，古曲名，起源于尧舜时期，流传地区大约在今天的山西临汾。

7. 遒（qiú）人：古代帝王派出去了解民情的使臣。

8. 堙（yīn）：堵塞。

9. 荐瘥（jiànchài）：一再发生疫病、灾祸。

10. 咸若：古指称颂帝王之教化。

11. 鼋鼍：中国神话传说中是指巨鳖和猪婆龙（扬子鳄）。

【赏析】

《旧唐书·本纪》载：唐“贞元十八年（902年）春正月乙丑，骠国王遣使悉利移来朝贺，并献其国乐十二曲与乐工三十五人。”据《新唐书·礼乐志、骠国传》记载，骠国乐是一个乐器较多、队伍庞大的演奏乐队。因此当时在长安都城演出后，观众深受感动，诗人亦写诗描绘赞美。

和李校书新题乐府十二首·法曲

元　稹

吾闻黄帝鼓清角，弭伏熊罴舞玄鹤。
舜持干羽苗革心，尧用咸池凤巢阁。
大夏濩武皆象功，功多已讶玄功薄。
汉祖过沛亦有歌，秦王破阵非无作。
作之宗庙见艰难，作之军旅传糟粕。
明皇度曲多新态，宛转侵淫易沉著。
赤白桃李取花名，霓裳羽衣号天落。
雅弄虽云已变乱，夷音未得相参错。
自从胡骑起烟尘，毛毳腥膻满咸洛。
女为胡妇学胡妆，伎进胡音务胡乐。
火凤声沉多咽绝，春莺啭罢长萧索。
胡音胡骑与胡妆，五十年来竞纷泊。

【注释】

1. 罴：哺乳动物，体大，肩部隆起，能爬树、游泳，掌和肉可食，皮可做褥子。

2. 毳（cuì）：医学上指人体表面除头发、腋毛外，其他部位生的细毛。

【赏析】

《法曲》为一种古代乐曲，东晋南北朝称作法乐，因其用于佛教法会而得名，原为含有外来音乐成分的西域各族音乐，后与汉族的清商乐结合，并逐渐成为隋朝的法曲，乐器有铙钹、钟、磬、幢箫、琵琶。至唐朝又融合道曲而发展至极盛阶段，是宫廷燕乐中的一种重要形式。主要特点在曲调和乐器，接近汉族的清乐系统，著名的曲子有《赤白桃李花》《大罗天曲》《紫微八卦舞曲》《降真招仙之曲》《紫微送仙曲》《霓裳羽衣》等。唐白居易《江南遇天宝乐叟》诗："能弹琵琶和法曲，多在华清随至尊。"清洪昇《长生殿·闻乐》："好凭一枕游仙梦，暗授千秋法曲音。"吴梅《读吴梅村乐府》诗："法曲凄凉谁按拍，不堪流涕说兴衰。"参见《新唐书·礼乐志十二》。

曹十九舞绿钿

元　稹

急管清弄频，舞衣才揽结。
含情独摇手，双袖参差列。
騕褭柳牵丝，炫转风回雪。
凝眄娇不移，往往度繁节。

【注释】

1. 参差：长短、高低不齐。
2. 騕褭（yǎoniǎo）：古骏马名。
3. 凝眄：凝视。
4. 繁节：繁密的音节。

立部伎－刺雅乐之替也

白居易

立部伎，鼓笛喧。舞双剑，跳七丸。
袅巨索，掉长竿。
太常部伎有等级，堂上者坐堂下立。
堂上坐部笙歌清，堂下立部鼓笛鸣。
笙歌一声众侧耳，鼓笛万曲无人听。
立部贱，坐部贵，坐部退为立部伎，
击鼓吹笙和杂戏。
立部又退何所任，始就乐悬操雅音。
雅音替坏一至此，长令尔辈调宫徵。
圆丘后土郊祀时，言将此乐感神祇。
欲望凤来百兽舞，何异北辕将适楚。
工师愚贱安足云，太常三卿尔何人。

【赏析】

《立部伎－刺雅乐之替也》描绘了隋唐时期宫廷雅乐“立部伎”及“坐部伎”的表演情况。诗歌写道伴随着鼓笛声，舞者舞动双剑，快速抛起，反复地抛接若干弹丸。接着舞者走长索，还有一些人摆动长竿。随后白居易写出了立部伎与坐部伎的等级之分。此后诗人表达了对“坐部退为立部伎，击鼓吹笙和杂戏”，以及立部伎退入雅乐部的“雅音替坏”现象的不满，最后指出这是太常三卿的失职，由此点题“刺雅乐之替也”。

柘枝妓

白居易

平铺一合锦筵开，连击三声画鼓催。
红蜡烛移桃叶起，紫罗衫动柘枝来。
带垂钿胯花腰重，帽转金铃雪面回。
看即曲终留不住，云飘雨送向阳台。

【赏析】

此舞一是描绘了鼓乐的节奏与舞者动作相互吻合，二是描绘了服饰的华美异常；舞者身着“紫罗衫”以轻薄和色彩艳丽为特点，体现了服装是舞蹈外部造型的重要组成部分：三是舞者腰功过硬、舞姿绰约、美不胜收。诗中提到帽转金铃，由此知道《柘枝舞》舞者帽子或衣服上缀着铃铛，在摇摆舞动时发出悦耳的金属声响，以增加舞蹈现场的热烈气氛，激发了观赏者的浓厚兴致。

七德舞－美拨乱，陈王业也

白居易

七德舞，七德歌，传自武德至元和。
元和小臣白居易，观舞听歌知乐意，
乐终稽首陈其事。
太宗十八举义兵，白旄黄钺定两京。
擒充戮窦四海清，二十有四功业成。
二十有九即帝位，三十有五致太平。
功成理定何神速，速在推心置人腹。
亡卒遗骸散帛收，饥人卖子分金赎。
魏徵梦见子夜泣，张谨哀闻辰日哭。
怨女三千放出宫，死囚四百来归狱。
剪须烧药赐功臣，李绩呜咽思杀身。
含血吮创抚战士，思摩奋呼乞效死。
则知不独善战善乘时，以心感人人心归。
尔来一百九十载，天下至今歌舞之。
歌七德，舞七德，圣人有作垂无极。
岂徒耀神武，岂徒夸圣文。
太宗意在陈王业，王业艰难示子孙。

【赏析】

《唐书·乐志》曰："太宗为秦王时，征伐四方，民间作《秦王破阵乐》之曲。及即位，享宴奏之。贞观七年，太宗制《破阵乐舞图》，诏魏徵、虞世南、褚亮、李百药为之歌辞，更名《七德之舞》。"白居易传曰："自龙朔已后，诏郊庙享宴，皆先奏之。"

法曲－美列圣，正华声也

白居易

法曲法曲歌大定，积德重熙有余庆。
永徽之人舞而咏，法曲法曲舞霓裳。
政和世理音洋洋，开元之人乐且康。
法曲法曲歌堂堂，堂堂之庆垂无疆。
中宗肃宗复鸿业，唐祚中兴万万叶。
法曲法曲合夷歌，夷声邪乱华声和。
以乱干和天宝末，明年胡尘犯宫阙。
乃知法曲本华风，苟能审音与政通。
一从胡曲相参错，不辨兴衰与哀乐。
愿求牙旷正华音，不令夷夏相交侵。

【注释】

1. 重熙：旧时用以称颂君主累世圣明。

2. 永徽：唐高宗李治的第一个年号。

3. 牙旷：典故名，典出《汉书》。伯牙和师旷的并称，二人皆春秋时著名音乐高手。泛指精通音乐的人。

骠国乐－欲王化之先迩后远也

白居易

骠国乐，骠国乐，出自大海西南角。
雍羌之子舒难陀，来献南音奉正朔。
德宗立仗御紫庭，黈纩不塞为尔听。
王螺一吹椎髻耸，铜鼓一击文身踊。
珠缨炫转星宿摇，花鬘斗薮龙蛇动。
曲终王子启圣人，臣父愿为唐外臣。
左右欢呼何翕习，至尊德广之所及。
须臾百辟诣阁门，俯伏拜表贺至尊。
伏见骠人献新乐，请书国史传子孙。
时有击壤老农父，暗测君心闲独语。
闻君政化甚圣明，欲感人心致太平。
感人在近不在远，太平由实非由声。
观身理国国可济，君如心兮民如体。
体生疾苦心憯凄，民得和平君恺悌。
贞元之民若未安，骠乐虽闻君不欢；
贞元之民苟无病，骠乐不来君亦圣。
骠乐骠乐徒喧喧，不如闻此刍荛言。

【注释】

1. 正朔：指一年第一天。

2. 紫庭：帝王宫庭。

3. 黈纩（tǒukuàng）：是指黄绵所制的小球，悬于冠冕之上，垂两耳旁，以示不欲妄听是非。

4. 椎髻：将头发结成椎形的髻，是我国古老的发式之一。

5. 花鬘（mán）斗薮（sǒu）：花鬘，古印度人用作饰物的花串。斗薮，摇动、振落。

6. 翕（xī）习：威盛貌。

7. 百辟：古代兵器，魏武帝曹操令制，以辟不祥，慑奸宄。亦有诸侯、百官之意。

8. 击壤：为“古游戏名”，一般认为是古代的一种投掷类游戏。

9. 憯（cǎn）凄：指悲痛、感伤、残酷。

10. 恺悌：和乐平易。

【赏析】

唐贞元十七年，受骠国王雍羌指派，骠国王子率乐队和舞姬沿古代西南丝道赴长安献乐。骠国献乐不仅对当时社会产生了重要的政治影响，也构成了唐代中后期中外文化交流的重要内容。

西凉伎－刺封疆之臣

白居易

西凉伎，西凉伎，假面胡人假狮子。
刻木为头丝作尾，金镀眼睛银帖齿。
奋迅毛衣摆双耳，如从流沙来万里。
紫髯深目两胡儿，鼓舞跳梁前致辞。
应似凉州未陷日，安西都护进来时。
须臾云得新消息，安西路绝归不得。
泣向狮子涕双垂，凉州陷没知不知。
狮子回头向西望，哀吼一声观者悲。
贞元边将爱此曲，醉坐笑看看不足。
享宾犒士宴监军，狮子胡儿长在目。
有一征夫年七十，见弄凉州低面泣。
泣罢敛手白将军，主忧臣辱昔所闻。
自从天宝兵戈起，犬戎日夜吞西鄙。
凉州陷来四十年，河陇侵将七千里。
平时安西万里疆，今日边防在凤翔。
缘边空屯十万卒，饱食温衣闲过日。
遗民肠断在凉州，将卒相看无意收。
天子每思长痛惜，将军欲说合惭羞。
奈何仍看西凉伎，取笑资欢无所愧。

纵无智力未能收，忍取西凉弄为戏。

【注释】

1. 封疆之臣：指对国境线上负有重大使命的将帅。

2. 胡人：古时对西北少数民族的统称。这里指舞狮人。

3. 奋迅：迅发、迅速。这里指狮子猛然用力地抖动毛衣。

4. 流沙：玉门关以西的沙漠地带。西北一带大沙漠上的沙子会随风流动，所以叫流沙。这里用以借指西北边远地区。

5. 跳梁：跳跃，这是狮子舞的步法。

6. 前致辞：向前讲话。指舞狮人对观众的表白。

7. 应似：应当、好似，揣度之辞。

8. 凉州未陷日：广德二年（764 年）凉州为吐蕃所陷。

9. 安西都护：安西都护府设在交河城，即今新疆吐鲁番西十公里处，辖境内龟兹、疏勒、于阗、焉耆四镇等。

10. 须臾：一会儿。

11. 此曲：指前面胡儿与狮子的表演。

12. 弄：演奏。

13. 凉州：乐曲名，这里指《狮子舞》的伴奏曲。

14. 敛（liǎn）手：拱手，表示恭敬。

15. 白：禀告。

16. 主忧臣辱：皇帝忧虑而不能为其分忧解难，是臣子的羞辱。

17. 犬戎：古族名，这里借喻吐蕃。

18. 西鄙：西部边地。

19. 河陇：河西（黄河以西）、陇右（陇山以西）连称。

20. 侵将：侵去。将，助词，表示动作的开始。

21. 凤翔：地名。在今陕西宝鸡。

22. 缘边：沿着边境。缘，通“沿”。

23. 屯（tún）：驻守，驻扎。

24. 遗民：亡国之民。这里指吐蕃沦陷区的河陇人民。

【赏析】

《西凉伎》为中唐时期的全能剧，据《唐戏弄》考订，此剧前身为《胡腾》歌舞剧，以西凉乐、狮子舞及二胡儿之科白表演为主，以《胡腾舞》为重要穿插。源于印度等地，后传入中国，盛行于敦煌、酒泉一带。

胡旋女－戒近习也

白居易

胡旋女，胡旋女。心应弦，手应鼓。
弦鼓一声双袖举，回雪飘摇转蓬舞。
左旋右旋不知疲，千匝万周无已时。
人间物类无可比，奔车轮缓旋风迟。
曲终再拜谢天子，天子为之微启齿。
胡旋女，出康居，徒劳东来万里余。
中原自有胡旋者，斗妙争能尔不如。
天宝季年时欲变，臣妾人人学圜转。
中有太真外禄山，二人最道能胡旋。
梨花园中册作妃，金鸡障下养为儿。
禄山胡旋迷君眼，兵过黄河疑未反。
贵妃胡旋惑君心，死弃马嵬念更深。
从兹地轴天维转，五十年来制不禁。
胡旋女，莫空舞，数唱此歌悟明主。

【注释】

1. 回雪飘摇转蓬舞：形容表演者在急速地旋转，像流风中飘摇的回雪和旋转着的蓬草。

2. 康居：古西域国名，今日的哈萨克斯坦共和国一带。

3. 天宝季年时欲变：天宝末年社会风气产生巨大变化。

4. 圜（huán）转：旋转。

5. 梨花园中册作妃，金鸡障下养为儿：梨花园即梨园。《新唐书·礼乐志》载：“玄宗既知音律，又酷爱法曲，选坐部伎子弟三百，教于梨园。声有误者，帝必觉而正之，号皇帝梨园弟子。”金鸡障：画金鸡为饰的坐障。

6. 兵过黄河疑未反：天宝十四年（755 年）安禄山在幽州（今北京市）发动叛乱，叛军已渡过黄河，消息传来，唐玄宗仍不相信，还认为是诬陷安禄山。

7. 死弃马嵬念更深：天宝十五载（756 年）六月十四日，杨玉环随李隆基流亡蜀中，途经马嵬驿，禁军哗变，玄宗无奈，只得下令杨贵妃自缢。“念更深”，玄宗迫于无奈赐死杨贵妃后对她思念更深。

8. 地轴天维转：指安史之乱给国家社会带来巨大灾难。

9. 五十年来制不禁：指胡旋舞从康居国传入中原后一直很流行。从玄宗天宝年间到白居易写此诗的宪宗元和年间（806—819）约五十多年。

【赏析】

胡旋女指跳胡旋舞的舞女。《胡旋舞》是由西域传来的民间乐舞，特点是旋律快、节奏快、转圈多而难分面背。《新唐书·礼乐志》载：“胡旋舞者立毯上，旋转如风。”

霓裳羽衣歌

白居易

我昔元和侍宪皇，曾陪内宴宴昭阳。
千歌百舞不可数，就中最爱霓裳舞。
舞时寒食春风天，玉钩栏下香案前。
案前舞者颜如玉，不著人家俗衣服。
虹裳霞帔步摇冠，钿璎累累佩珊珊。
娉婷似不任罗绮，顾听乐悬行复止。
磬箫筝笛遆相搀，击擪弹吹声逦迤。
散序六奏未动衣，阳台宿云慵不飞。
中序擘騞初入拍，秋竹竿裂春冰拆。
飘然转旋回雪轻，嫣然纵送游龙惊。
小垂手后柳无力，斜曳裾时云欲生。
烟蛾敛略不胜态，风袖低昂如有情。
上元点鬟招萼绿，王母挥袂别飞琼。
繁音急节十二遍，跳珠撼玉何铿铮。
翔鸾舞了却收翅，唳鹤曲终长引声。
当时乍见惊心目，凝视谛听殊未足。
一落人间八九年，耳冷不曾闻此曲。
湓城但听山魈语，巴峡唯闻杜鹃哭。
移领钱唐第二年，始有心情问丝竹。

玲珑箜篌谢好筝，陈宠觱栗沈平笙。
清弦脆管纤纤手，教得霓裳一曲成。
虚白亭前湖水畔，前后祗应三度按。
便除庶子抛却来，闻道如今各星散。
今年五月至苏州，朝钟暮角催白头。
贪看案牍常侵夜，不听笙歌直到秋。
秋来无事多闲闷，忽忆霓裳无处问。
闻君部内多乐徒，问有霓裳舞者无。
答云七县十万户，无人知有霓裳舞。
唯寄长歌与我来，题作霓裳羽衣谱。
四幅花笺碧间红，霓裳实录在其中。
千姿万状分明见，恰与昭阳舞者同。
眼前仿佛睹形质，昔日今朝想如一。
疑从魂梦呼召来，似著丹青图写出。
我爱霓裳君合知，发于歌咏形于诗。
君不见我歌云“惊破霓裳羽衣曲”。
又不见我诗云“曲爱霓裳未拍时”。
由来能事皆有主，杨氏创声君造谱。
君言此舞难得人，须是倾城可怜女。
吴妖小玉飞作烟，越艳西施化为土。
娇花巧笑久寂寥，娃馆苧萝空处所。
如君所言诚有是，君试从容听我语。
若求国色始翻传，但恐人间废此舞。
妍媸优劣宁相远，大都只在人抬举。
李娟张态君莫嫌，亦拟随宜且教取。

【注释】

1. 磬箫筝笛递相搀，击擫弹吹声逦迤：凡法曲之初，众乐不齐，唯金石丝竹次第发声，霓裳序初，亦复如此。

2. 散序六奏未动衣，阳台宿云慵不飞：散序六遍无拍，故不舞也。

3. 中序擘騞初入拍，秋竹竿裂春冰折：中序始有拍，亦名拍序。

4. 小垂手后柳无力，斜曳裾时云欲生：四句皆霓裳舞之初态。

5. 上元点鬟招萼绿，王母挥袂别飞琼：许飞琼、萼绿华，皆女仙也。

6. 繁音急节十二遍，跳珠撼玉何铿铮：霓裳破凡十二遍而终。

7. 翔鸾舞了却收翅，唳鹤曲终长引声：凡曲将毕，皆声拍促速，唯霓裳之末，长引一声也。

8. 清弦脆管纤纤手，教得霓裳一曲成：自玲珑以下，皆杭之妓名。

9. 由来能事皆有主，杨氏创声君造谱：开元中西凉府节度杨敬述造。

10. 吴妖小玉飞作烟：夫差女小玉死后，形见于王，其母抱之，霏微若烟雾散空。

11. 李娟张态君莫嫌，亦拟随宜且教取：娟、态，苏妓之名。

【赏析】

霓裳，裳作“cháng”音时，古代指遮蔽下体的衣裙，也有“光明”之意；读作“shang”（轻音）时，则是衣服之意。“霓裳”可以指神仙的衣裳，如《楚辞·九歌·东君》：“青云衣兮白霓裳，举长矢兮射天狼。”可以指轻柔的舞衣，如白居易《江南遇天宝乐叟》：“冬雪飘摇锦袍煖，春风荡漾霓裳翻。”可以指《霓裳羽衣曲》，如唐·白居易《琵琶行》：“轻拢慢拈抹复挑，初为《霓裳》后《六幺》。”可以指霓裳羽衣舞，如裴铏《传奇·薛昭》：“妃（杨贵妃）甚爱惜，常令独舞《霓裳》于绣岭宫。”

观绳伎

刘言史

泰陵遗乐何最珍，彩绳冉冉天仙人。
广场寒食风日好，百夫伐鼓锦臂新。
银画青绡抹云发，高处绮罗香更切。
重肩接立三四层，著屐背行仍应节。
两边丸剑渐相迎，侧身交步何轻盈。
闪然欲落却收得，万人肉上寒毛生。
危机险势无不有，倒挂纤腰学垂柳。
下来一一芙蓉姿，粉薄钿稀态转奇。
坐中还有沾巾者，曾见先皇初教时。

【注释】

1. 绮罗：指华贵的丝织品或丝绸衣服。
2. 应节：应合节拍。
3. 沾巾：泪水沾湿手巾。

王中丞宅夜观舞胡腾

刘言史

石国胡儿人见少，蹲舞尊前急如鸟。
织成蕃帽虚顶尖，细氎胡衫双袖小。
手中抛下蒲萄盏，西顾忽思乡路远。
跳身转毂宝带鸣，弄脚缤纷锦靴软。
四座无言皆瞪目，横笛琵琶遍头促。
乱腾新毯雪朱毛，傍拂轻花下红烛。
酒阑舞罢丝管绝，木槿花西见残月。

【赏析】

《胡腾舞》是从西域传入中原的一种男子独舞，源于中亚“昭武九姓”中的石国。流行于北朝至唐代，当时深得中原贵族赏识，风靡一时。其特点是既雄健迅急、刚毅奔放，又柔软潇洒、诙谐有趣。主要舞蹈动作包括勾手揽袖、摆首扭胯、提膝腾跳，以腿脚功夫见长。在粟特人墓葬出土的石榻中，多有表现墓主生前宴饮场面的胡腾舞者。如虞弘墓出土石椁、安伽墓出土的石榻。

白纻辞二首

杨 衡

玉缨翠佩杂轻罗，香汗微渍朱颜酡，为君起唱白纻歌。
清声袅云思繁多，凝笳哀琴时相和。
金壶半倾芳夜促，梁尘霏霏暗红烛。
令君安坐听终曲，坠叶飘花难再复。

蹑珠履，步琼筵。
轻身起舞红烛前，芳姿艳态妖且妍。
回眸转袖暗催弦，凉风萧萧流水急。
月华泛滥红莲湿，牵裙揽带翻成泣。

【注释】

琼筵：盛宴，美宴。

【赏析】

《白纻辞二首》是唐代诗人杨衡的组诗作品，主要表现古代歌舞女子的命运，被誉为“唐乐府之佳绝者”。白纻辞一作“白苎辞”，古乐府题名。《乐府古题要解》：“《白苎辞》，古辞，盛称舞者之美。”清王琦注：“旧史称白苎，吴地所出。白苎舞，本吴舞也。”梁武帝曾令沈约改其辞为四时之歌。

踏歌行

陈去疾

鸳鸯楼下万花新，翡翠宫前百戏陈。
夭矫翔龙衔火树，飞来瑞凤散芳春。
仙跸初传紫禁香，瑞云开处夜花芳。
繁弦促管升平调，绮缀丹莲借月光。

【注释】

1. 夭矫：姿态伸曲且有气势。
2. 仙跸：指天子的车驾。
3. 繁弦急管：形容各种乐器同时演奏的热闹情景。

【赏析】

踏歌，是中国传统民间舞蹈，自汉唐至宋代都广泛流传，为人们所喜爱。舞蹈形式多为群舞，人们成群结队，手拉手，肩并肩，以脚踏地为节，载歌载舞。今人孙颖先生创作的汉唐古典舞《踏歌》可见其貌。

抛缠头词

施肩吾

翠娥初罢绕梁词，又见双鬟对舞时。
一抱红罗分不足，参差裂破凤凰儿。

【注释】

1. 翠娥：美女。
2. 双鬟：少女。
3. 参差：长短、高低不齐的样子。古代乐器。

白苎词

戴叔伦

馆娃宫中露华冷，月落啼鸦散金井。
吴王扶头酒初醒，秉烛张筵乐清景。
美人不眠怜夜永，起舞亭亭乱花影。
新裁白苎胜红绡，玉佩珠缨金步摇。
回鸾转凤意自娇，银筝锦瑟声相调。
君恩如水流不断，但愿年年此同宵。
东风吹花落庭树，春色催人等闲去。
大家为欢莫延伫，顷刻铜龙报天曙。

【注释】

1. 露华：露水。清冷的月光。
2. 红绡：指红色薄绸。
3. 延伫：久立；久留。

赛神曲

王　建

男抱琵琶女作舞，主人再拜听神语。
新妇上酒勿辞勤，使尔舅姑无所苦。
椒浆湛湛桂座新，一双长箭系红巾。
但愿牛羊满家宅，十月报赛南山神。
青天无风水复碧，龙马上鞍牛服轭。
纷纷醉舞踏衣裳，把酒路旁劝行客。

【注释】

1.《赛神曲》：描绘了一对夫妇歌舞酒宴祀神的场景。

2. 琵琶：中国的一种四弦乐器

3. 神语：神敕，神的言语。

4. 椒浆：以椒浸制的酒浆，古代多用以祭神。

太清宫观紫极舞赋

李　绛

开元中，赐海内以正朔，示天下以礼乐。舞紫极于宫廷，飨玄元于云幄。乃树以旌旃，设以宫悬。由中出以表静，用上荐于告虔。盛德之容，昭之于行缀；至和之节，奉之以周旋。激乎流音之下，存乎大乐之先。八佾以敷，肃然舞于清庙；九奏之作，杳若享乎钧天。如是则文始不得盛于汉日，大章未可比于尧年。振万古而独出，岂百王之相沿。洎乎秉翟而叙，候乐以举。协黄钟，歌大吕。乍阳开于箫管，忽阴闭于柷敔。淹速以度，正直是与。若中止而离立，复徐动而进旅。和之感物，应鸟兽以跄跄；礼以成文，垂衣裳之楚楚。由以俾有司夙夜在公，候吉日鼓钟于宫。方将万舞，爰节八风。于以易其俗，于以告厥功。因乎所自，制在其中。申敬也，其恭翼翼；宣滞也，其乐融融。齐无声于合莫，感有情而统同。则其业之所肄，习之则利。作兹新乐，著为故事。享当其时，舞于此地。退而成列，周庙之干戚以陈；折而复旋，鲁宫之羽籥斯备。美乎！冠之象以峨峨，舞其容以傞傞。合九变之节，动四气之和。散玄风以条畅，洽皇化之宏多。是时也，天地泰，人神会。舞有容，歌无外。故曰作乐以象德，有功而可大。

【赏析】

《太清宫观紫极舞赋》为应制赋，此赋为唐代李绛作，同名舞赋唐代张复元亦有一首。唐代是道教兴盛和发展的时期，因此有不少崇道尚仙的舞蹈。唐玄宗也笃信道教，崇尚神仙，命人制作了许多道教音乐。《新唐书·礼乐志》记载："帝方浸喜神仙之事，诏道士司马承祯制《玄真道曲》，茅山道士李公元制《大罗天曲》，工部侍郎贺知章制《紫清上圣道曲》。太清宫成，太常卿韦縚制《景云》《九真》《紫极》《小长寿》《承天》《顺天乐》六曲，又制商调《君臣相遇乐》曲。"《唐书·礼仪志》曰："玄宗开元二十九年正月，诏两京诸州置玄元庙。天宝二年三月，以西京玄元庙为太清宫。其乐章：降仙圣奏《煌煌》，登歌发炉奏《冲和》，上香毕奏《紫极舞》，撤醮奏登歌，送仙圣奏《真和》。《唐会要》曰：太清宫荐献圣祖玄元皇帝奏《混成紫极之舞》。"这首赋即描绘了唐代道教乐舞《紫极舞》的舞容动态。

大酺乐二首

张　祜

车驾东来值太平，大酺三日洛阳城。
小儿一伎竿头绝，天下传呼万岁声。

紫陌酺归日欲斜，红尘开路薛王家。
双鬟笑说楼前鼓，两仗争轮好落花。

【赏析】

封建帝王为表示欢庆，帝赐大酺，特许民间举行大聚饮三天，后用以表示大规模庆贺。酺，欢聚饮酒。此诗描绘了此期间的歌舞活动，生动且活泼。

观杭州柘枝

张　祜

舞停歌罢鼓连催，软骨仙蛾暂起来。
红罨画衫缠腕出，碧排方胯背腰来。
旁收拍拍金铃摆，却踏声声锦袎摧。
看著遍头香袖褶，粉屏香帕又重隈。

【注释】

1. 催：催促，形容鼓声快而急。
2. 罨（yǎn）：映衬，色彩鲜明的画。
3. 袖褶：因袖子宽而大形成的褶皱。
4. 隈（wēi）：弯曲。

悖拏儿舞

张　祜

春风南内百花时，道唱梁州急遍吹。
揭手便拈金碗舞，上皇惊笑悖拏儿。

【注释】

1. 梁州：古乐曲名。
2. 上皇：唐明皇。

春莺啭

张　祜

兴庆池南柳未开，太真先把一枝梅。
内人已唱春莺啭，花下傞傞软舞来。

【注释】

1. 太真：唐杨贵妃号。
2. 傞傞：醉舞忘形。

【赏析】

《春莺啭》是唐代著名乐舞，属软舞类，歌声舞态柔曼婉畅。传为唐高宗闻早莺鸣声婉转，构成美妙旋律，随命龟兹乐工、隋朝太乐署遗伶白明达谱成曲子，又依曲编舞。白明达是龟兹（新疆库车）音乐家，所作乐曲可能有一定龟兹风格。《春莺啭》的音乐与舞蹈，也有描写鸟声、鸟形的特点。

舞

张 祜

荆台呈妙舞，云雨半罗衣。
袅袅腰疑折，褰褰袖欲飞。
雾轻红踯躅，风艳紫蔷薇。
强许传新态，人间弟子稀。

【注释】

1. 荆台：古楚国著名高台。故址在今湖北省监利县北。
2. 罗衣：指轻软丝织品制成的衣服，罗在商代已经出现。

【赏析】

作者张祜为唐代清河（今邢台市清河县）人，诗人。家世显赫，被人称作张公子，有“海内名士”之誉。这首诗描写了荆台上起舞的舞伎，穿着丝绸，动作优美大方。

正月十五夜灯

张 祜

千门开锁万灯明，正月中旬动帝京。
三百内人连袖舞，一时天上著词声。

【注释】

1. 千门：形容宫毁群建筑宏伟。

2. 内人：宫中歌舞艺妓，入宜春院，称“内人”。

3. 著：同“着”，犹“有”。歌声高唱入云，宛若仙乐下凡。

观杨瑗柘枝

张　祜

促叠蛮鼍引柘枝，卷帘虚帽带交垂。
紫罗衫宛蹲身处，红锦靴柔踏节时。
微动翠蛾抛旧态，缓遮檀口唱新词。
看看舞罢轻云起，却赴襄王梦里期。

【注释】

1. 蛮鼍（tuó）：指南方少数民族的鼍鼓。
2. 踏节：亦作“蹋节”，以脚踏地打节拍。
3. 翠蛾：妇女细而长曲的黛眉。
4. 檀口：红艳的嘴唇。

太常寺观舞圣寿乐

徐元鼎

舞字传新庆，人文迈旧章。
冲融和气洽，悠远圣功长。
盛德流无外，明时乐未央。
日华增顾眄，风物助低昂。
翥凤方齐首，高鸿忽断行。
云门与兹曲，同是奉陶唐。

【注释】

1. 旧章：指昔日的典章。
2. 翥（zhù）凤：比喻丰赡富丽的文辞。
3. 云门：古乐舞名。
4. 陶唐：古帝名，即唐尧，帝喾之子。

【赏析】

《圣寿乐》是唐武则天时期的乐舞，舞者百四十人，戴金黄色帽子，身穿五色画衣，舞者按乐曲节奏变化，共有十六种变化，队伍每次变化就排成一个字，这十六个字是“圣超千古，道泰百王，皇帝万年，宝祚弥昌”，象征着武则天寿比南山，洪福齐天。

绿珠篇

乔知之

石家金谷重新声，明珠十斛买娉婷。
此日可怜君自许，此时可喜得人情。
君家闺阁不曾难，常将歌舞借人看。
意气雄豪非分理，骄矜势力横相干。
辞君去君终不忍，徒劳掩袂伤铅粉。
百年离别在高楼，一旦红颜为君尽。

【注释】

1. 绿珠：西晋石崇的宠妾，善吹笛，又善舞《明君》。
2. 十斛：指重金购买。
3. 掩袂：用衣袖遮面。以衣袖拭泪。

弦歌行

孟　郊

驱傩击鼓吹长笛，瘦鬼染面唯齿白。
暗中崒崒拽茅鞭，倮足朱裈行戚戚。
相顾笑声冲庭燎，桃弧射矢时独叫。

【赏析】

《弦歌行》反映了民间驱傩活动。驱傩是古代年终或立春时驱鬼迎神的祭祀活动，宫廷每年必办的事宜，在民间也是应时举行，不过民间驱傩常有较大的游戏成分。其实自史前时期就有祭祀舞蹈。如腊祭，祭百神，感恩祈丰收；雩祭，求雨之祭；傩祭，岁终除日，驱除疫疠之鬼；祀高禖，则是祈求繁衍生殖。这些舞蹈一则具有强烈的功利目的，二则具有高度的生命情调。

柘枝

章孝标

柘枝初出鼓声招，花钿罗衫耸细腰。
移步锦靴空绰约，迎风绣帽动飘摇。
亚身踏节鸾形转，背面羞人凤影娇。
只恐相公看未足，便随风雨上青霄。

【注释】

1. 《柘枝》：隋唐时期著名乐舞。
2. 花钿：用金翠珠宝制成的花形首饰。
3. 踏节：以脚踏地打节拍。
4. 青霄：青天，高空。

【赏析】

柘枝舞为西域传入中原的著名乐舞，可独舞，可对舞，身着民族服饰，足穿锦靴，伴奏以鼓为主，舞者在鼓声中出场，有些类似今天新疆的手鼓舞。

观章中丞夜按歌舞

许　浑

夜按双娃禁曲新，东西箫鼓接云津。
舞衫未换红铅湿，歌扇初移翠黛颦。
彩槛烛烟光吐日，画屏香雾暖如春。
西楼月在襄王醉，十二山高不见人。

【注释】

1. 云津：天河，银河。道教语，唾液的别称。
2. 红铅：胭脂和铅粉。
3. 翠黛：眉的别称。颦，皱眉。

屈柘词

温庭筠

杨柳萦桥绿，玫瑰拂地红。
绣衫金騕褭，花髻玉珑璁。
宿雨香潜润，春流水暗通。
画楼初梦断，晴日照湘风。

【注释】

1.《屈柘》：古代舞曲名。段安节《乐府杂录·舞工》曰："软舞曲有《凉州》《绿腰》《苏合香》《屈柘》《团圆》《旋甘州》等。"

2. 騕褭（yǎoniǎo）：宛转摇动貌。

3. 珑璁（lóngcōng）：形容金、石相碰撞击之声。

歌舞

李商隐

遏云歌响清，回雪舞腰轻。
只要君流眄，君倾国自倾。

【注释】

1. 遏云：典故名，典出《列子》卷五《汤问》，歌声使云停止不前。后遂以“遏云”形容歌声响亮动听。

2. 流眄（miǎn）：转动眼睛。指纵目观看。

省试霓裳羽衣曲

李　肱

开元太平时，万国贺丰岁。
梨园献旧曲，玉座流新制。
凤管递参差，霞衣竞摇曳。
宴罢水殿空，辇馀春草细。
蓬壶事已久，仙乐功无替。
讵肯听遗音，圣明知善继。

【注释】

1. 梨园：古代对戏曲班子的别称。

2. 蓬壶：即蓬莱，古代传说中的海中仙山。

鸲鹆舞赋

卢　肇

谢尚以小节不拘，曲艺可俯。愿狎鸳鸯之侣，因为鸲鹆之舞。于是褫貂裘，岸章甫。在容止可观之际，方见翼如；当管弦互奏之时，俄逞退旅。伊昔王导，延为上宾。陪谒者让登之处，遇群贤式燕之辰。俎豆在列，尊卑且伦。始服膺于末席，方酬赏于主人。导曰：久慕德音，众皆倾想。愿睹ェェ之态，用答嚶嚶之响。非敢玩人以丧德，庶使栖迟而偃仰。徒欲见长觜利距之能，岂比乎弋林钓渚之赏。公乃正色洋洋，若欲飞翔。避席俯伛，抠衣颉颃。宛修襟而乍疑雌伏，赴繁节而忽若鹰扬。由是见多能之妙，出万舞之傍。若乃三叹未终，五音铿作。贪若燕而蹩频，德如毛而矍铄。众客振衣而跂望，满堂击节而称乐。且喤喤之奏未终，而泄泄之容自若。于是愧饮啄，尽欢娱。听式歌而调兼吐凤，观屡起而势若将雏。以乐慆忧，既醉者于焉已矣；手舞足蹈，輾然者岂得而无。是知因此名闻，那辞迹屈。同渔阳之慷慨，鄙五原之噎郁。将美其率尔不矫，怡然任真。自动容于知已，非受侮以求伸。况乃意绰步蹲，然后知鸿之志，不与俗态而同尘。

【赏析】

鸲鹆舞为晋代舞蹈，因舞者模拟鸲鹆（鸟名）的动作而名。《晋书·谢尚传》载，东晋谢尚善此舞，曾在司徒王导及宾客座前著衣帻而舞，俯仰屈伸，旁若无人，宾客为之抚掌击节。与汉代乐舞以俗为趣、为美的特点不同的是，晋代舞蹈以飘逸闲雅为特征，鸲鹆舞当为此例。此篇《鸲鹆舞赋》描绘了谢尚作鸲鹆舞的舞姿，主要表现昂扬奋发的“鸿鹄之志”，塑造了鹤之孤傲、云之高洁的意境，因而产生满堂击节而称乐的效果。

湖南观双柘枝舞赋（节选）

卢　肇

将翱将翔，惟鸳惟鸯，稍随缓节，步出东厢。始再拜以离立，俄侧身而相望。思东南之美兮清风甚长，凝情顷刻兮静对铿锵。再抚华裾，巧襞修袂，将匀玉颜，若抗琼珶。怀要妙以盈心，望深思而满背。彼工也以初奏迎，我舞也以次旅呈。乍折旋以赴节，复宛约而含情。突如其来，翼尔而进，每当节而必改，乍惨舒而复振。惊顾兮若严，进退兮若慎；或迎兮如流，即避兮如吝；傍睨兮如慵，俯视兮如引。风裹兮弱柳，烟幂兮春松；缥缈兮翔凤，婉转兮游龙。相迩兮如借，相远兮如谢；忽抗足而相跐，复和容而若射。势虽窘于趋走，态终守乎闲暇。飞飙忽旋，鸾鹤联翩。撼帝子之瑶佩，触仙池之玉莲。拥惊波与急雪，卷祥云及瑞烟。词方重陈，鼓亦再歇，俄举袂以容曳，忽吐音而清越。一曲曲兮春恨深，一声声兮边思发，伤心兮陇首秋云，断肠兮戍楼孤月。

【赏析】

此赋为作者于潭州观双柘枝舞时所作。此文共分三部分：第一部分即第一段，写舞前准备工作。第二部分包括四段，详述全过程：筵席摆开，音乐齐奏，舞者准备出场；舞者装束；舞蹈姿容；舞告一段落，中间暂歇，随即在歌声中再次起舞，节奏变为迅急，直至舞蹈结束。第三部分即最后一段，为作者对舞者及舞蹈的赞美。文中描绘的柘枝舞是唐代著名乐舞，分单舞、双舞两种，以双舞为多。

柘枝词

薛　能

意气成功日，春风起絮天。
楼台新邸第，歌舞小婵娟。
急破催摇曳，罗衫半脱肩。

【注释】

1. 意气：志向与气概。
2. 起絮天：吹起柳絮的天气。
3. 邸第：达官贵族的府第，官邸门第。
4. 小婵娟：年龄小的美女。
5. 急破：急促。破，应是音乐的一种形式。
6. 摇曳：晃荡、飘荡、摇动。摇摆的舞姿。
7. 罗衫：柔软有细孔丝织品制作的衣衫。
8. 半脱肩：一半（罗衫）已脱落肩膀。

舞者

薛 能

绿毛钗动小相思，一唱南轩日午时。
慢靸轻裾行欲近，待调诸曲起来迟。
筵停匕箸无非听，吻带宫商尽是词。
为问倾城年几许，更胜琼树是琼枝。

【注释】

1. 靸：草制的鞋子。

2. 裾：衣服的大襟

3. 匕箸（zhù）：羹匙和筷子。指饮食。

4. 宫商：古代音律中的宫音与商音，后人用来泛指音乐。

5. 更胜琼树是琼枝：琼树，仙树名。琼枝，传说中的玉树。

长沙九日登东楼观舞

李群玉

南国有佳人，轻盈绿腰舞。
华筵九秋暮，飞袂拂云雨。
翩如兰苕翠，婉如游龙举。
越艳罢前溪，吴姬停白纻。
慢态不能穷，繁姿曲向终。
低回莲破浪，凌乱雪萦风。
坠珥时流盼，修裾欲溯空。
唯愁捉不住，飞去逐惊鸿。

【赏析】

此诗描绘的是《绿腰舞》，也称为《六幺》《录要》《乐世》等，为古代著名女子独舞，节奏舒缓，优美柔婉，风格与健舞相反。

赠回雪

李群玉

回雪舞萦盈，萦盈若回雪。
腰支一把玉，只恐风吹折。
如能买一笑，满斗量明月。
安得金莲花，步步承罗袜。

【注释】

1. 萦（yíng）盈：回旋轻捷。
2. 罗袜：是指丝罗制的袜。

解红歌

和　凝

百戏罢，五音清，解红一曲新教成。
两个瑶池小仙子，此时夺却柘枝名。

【注释】

1. 解红：词牌名。

2. 百戏：是中国古代汉族民间表演艺术的泛称。

3. 五音：五声音阶的意思就是按五度的相生顺序，从宫音开始到羽音，依次为：宫—商—角—徵—羽；如按音高顺序排列，即为：1、2、3、5、6。五声音阶，古代文献通常称为“五声”“五音”等。中国传统乐学理论对“音阶”这个现代概念，常分别从“音”“律”“声”等不同角度揭示其内涵。

张静婉采莲曲

温庭筠

兰膏坠发红玉春，燕钗拖颈抛盘云。
城边杨柳向娇晚，门前沟水波粼粼。
麒麟公子朝天客，珂马珰珰度春陌。
掌中无力舞衣轻，剪断鲛绡破春碧。
抱月飘烟一尺腰，麝脐龙髓怜娇娆。
秋罗拂水碎光动，露重花多香不销。
鸂鶒交交塘水满，绿芒如粟莲茎短。
一夜西风送雨来，粉痕零落愁红浅。
船头折藕丝暗牵，藕根莲子相留连。
郎心似月月未缺，十五十六清光圆。

【赏析】

1. 兰膏：古代一种含有兰香的润发油膏。红玉春，指美人肌肤如玉般红润、如春般鲜嫩。

2. 燕钗：燕形发钗。拖颈，斜歪在颈边。盘云是一种发髻。此二句写一位美人睡醒发乱钗斜的样子。

3. 城边：一作“城西”。娇，一作“桥”。

4. 麒麟公子、朝天客：均指作客羊侃家中观舞的贵客。

5. 珂（kē）马：珂为装饰马勒（笼头）用的洁白似玉的

美石。珂，一作“佩”。珰珰，一作“堂堂”，一作“当当”，象声词，玉石互相碰撞的声音。陌，街道。

6. 鲛绡（jiāoxiāo）：南海所产的鲛绡纱，又名龙纱，价值百余金，入水不湿。绡，一作“鮹”。破春碧：把鲛绡裁剪成碧绿色的舞衣。

7. 抱月：环绕如月的身材。飘烟，飘动如烟的腰肢。

8. 麝脐（shèqí）：麝香由麝的脐部分泌出来。龙髓，一作“龙脑”，即龙涎香，为抹香鲸分泌物。娇娆，一作“娇饶”，柔媚。此二句写张静婉腰细身轻、体态柔媚，身上还散发着类似麝香、龙涎香的香气。

9. 秋罗：泛指轻薄的罗衣。拂水，一作“拂衣”。此句写张静婉采莲时罗衣拂过水面，使水面泛起波光涟漪。

10. 露重花多香不销：此句写水面花香之盛。

11. 鸂鶒（xīchì）：水鸟，似鸳鸯而比鸳鸯略大，多紫色，喜雌雄并游。交交，一作“胶胶”，象声词，鸂鶒鸣叫声。

12. 绿芒如粟（sù）：莲的果实初生时外壳上状如粟米的绿刺。绿芒，一作“绿萍”；如粟，一作“金粟”。

13. 粉痕零落愁红浅：此句写莲花经风雨摧打后颜色变浅，犹如美人被风雨洗掉了脂粉，更如美人含愁脉脉怅惘之态。

14. 丝：喻指情丝。

15. 藕：谐音“偶”，喻指情侣。莲，谐音“怜”。此二句写藕根、莲子虽经风雨摧打，但彼此依旧相亲相爱、不离不弃，这里喻指情侣。

16. 未缺：一作“易缺”。

【赏析】

全诗描绘了南北朝时期羊侃的舞伎张静婉及其生活经历，表面上看是一首宫体诗，实质上内涵极其深刻。据《梁书》记载，羊侃为人豪奢，善音律，姬妾众多，其中有一人叫张静婉，容貌绝世，腰围一尺六寸，身轻如燕，时人皆认为她能在掌中起舞，羊侃为其作《采莲曲》与《棹歌曲》，传于后世。

大垂手

聂夷中

金刀翦轻云，盘用黄金缕。
装束赵飞燕，教来掌上舞。
舞罢飞燕死，片片随风去。

【赏析】

《大垂手》是古舞名，又为乐府杂曲歌辞名。宋郭茂倩曰：“《乐府解题》曰‘《大垂手》《小垂手》，皆言舞而垂其手也。”

剑器

司徒空

楼下公孙昔擅场，空教女子爱军装。
潼关一败吴儿喜，簇马骊山看御汤。

【注释】

擅场：指压倒全场，技艺高超出众。

陈后庭舞

孙元晏

嬿婉回风态若飞，丽华翘袖玉为姿。
后庭一曲从教舞，舞破江山君未知。

【注释】

1. 嬿婉：美好貌。
2. 后庭：指后宫，也借指宫女。

舞干羽两阶

石　倚

干羽能柔远，前阶舞正陈。
欲称文德盛，先表乐声新。
肃肃行初列，森森气益振。
动容和律吕，变曲静风尘。
化美超千古，恩波及七旬。
已知天下服，不独有苗人。

【注释】

1. 干羽：古代舞者所执的舞具。文舞执羽，武舞执干。

2. 律吕：古代校正乐律的器具。

赋戚夫人楚舞歌

李　昂

定陶城中是妾家，妾年二八颜如花。
闺中歌舞未终曲，天下死人如乱麻。
汉王此地因征战，未出帘栊人已荐。
风花菡萏落辕门，云雨裴回入行殿。
日夕悠悠非旧乡，飘飘处处逐君王。
闺门向里通归梦，银烛迎来在战场。
相从顾恩不雇己，何异浮萍寄深水。
逐战曾迷只轮下，随君几陷重围里。
此时平楚复平齐，咸阳宫阙到关西。
珠帘夕殿闻钟磬，白日秋天忆鼓鼙。
君王纵恣翻成误，吕后由来有深妒。
不奈君王容鬓衰，相存相顾能几时。
黄泉白骨不可报，雀钗翠羽从此辞。
君楚歌兮妾楚舞，脉脉相看两心苦。
曲未终兮袂更扬，君流涕兮妾断肠。
已见储君归惠帝，徒留爱子付周昌。

【注释】

1. 定陶：在今山东菏泽定陶。

2. 栊（lóng）：窗上棂木。帘栊：屋门。

3. 菡萏（dàn）：即荷花。

4. 鼙（pí）：古代军中所用的一种小鼓，汉以后亦名骑鼓。

5. 恣：放纵，放肆。

6. 雀钗：妇女首饰名，有雀形饰物的钗。

飞燕篇

王　翰

孝成皇帝本娇奢，行幸平阳公主家。
可怜女儿三五许，丰茸惜是一园花。
歌舞向来人不贵，一旦逢君感君意。
君心见赏不见忘，姊妹双飞入紫房。
紫房彩女不得见，专荣固宠昭阳殿。
红妆宝镜珊瑚台，青琐银簧云母扇。
日夕风传歌舞声，只扰长信忧人情。
长信忧人气欲绝，君王歌吹终不歇。
朝弄琼箫下彩云，夜踏金梯上明月。
明月薄蚀阳精昏，娇妒倾城惑至尊。
已见白虹横紫极，复闻飞燕啄皇孙。
皇孙不死燕啄折，女弟一朝如火绝。
明明天子咸戒之，赫赫宗周褒姒灭。
古来贤圣叹狐裘，一国荒淫万国羞。
安得上方断马剑，斩取朱门公子头。

【注释】

1. 丰茸：繁密茂盛，浓郁。

2. 紫房：皇太后所居的宫室。指道家炼丹房。

细腰宫

汪　遵

鼓声连日烛连宵，贪向春风舞细腰。
争奈君王正沈醉，秦兵江上促征桡。

【注释】

1. 鼓声连日烛连宵：指战国末期楚王贪恋声色而秦国借机灭楚的故事。

2. 细腰：见“楚王好细腰”的典故。

3. 君王：指当时楚国的末代君主。

4. 桡（ráo）：船桨。

【赏析】

细腰宫，章华台的别称，是楚灵王于公元前535年主持修建的离宫。这座“举国营之，数年乃成”的宏大建筑，被誉为当时的“天下第一台”。史载章华台“台高10丈，基广15丈”，曲栏拾级而上，中途得休息三次才能到达顶点，故又称“三休台”；又因楚灵王特别喜欢细腰女子在宫内轻歌曼舞，不少宫女为求媚于王，少食忍饿，以求细腰，故亦称“细腰宫”。

入破第五

佚　名

千年一遇圣明朝，愿对君王舞细腰。
乍可当熊任生死，谁能伴凤上云霄。

【赏析】

入破：唐宋大曲的用语，大曲每套都有十余遍，归入散序、中序、破三大段，入破即为破这一段的第一遍。白居易《卧听法曲霓裳》诗："朦胧闲梦初成后，宛转柔声入破时。"《新唐书·五行志二》："至其曲遍繁声，皆谓之'入破'……破者，盖破碎云。"吴熊和《唐宋词通论·词调》："中序多慢拍，入破以后则节奏加快，转为快拍。"借指乐声骤变为繁碎之音。

排遍第二

佚　名

明月照秋叶，西风响夜砧。
强言徒自乱，往事不堪寻。

【赏析】

排遍：唐宋乐舞用语，中序的第一遍，又称迭遍、歌头。唐宋大曲每套有十余遍至数十遍，分别归入散序、中序、破三大段。宋王灼《碧鸡漫志》卷三：“《凉州曲》……凡大曲有散序、靸、排遍、攧、正攧、入破、虚催、实催、衮遍、歇指、杀衮，始成一曲，此谓大遍。而《凉州》排遍，予曾见一本，有二十四段。”王国维《唐宋大曲考》：“排遍又谓之‘歌头’，《水调歌头》即《新水调》之排遍也。

乡乐杂咏五首

崔致远

金丸

回身掉臂弄金丸，月转星浮满眼看。
纵有宜僚那胜此，定知鲸海息波澜。

月颠

肩高项缩发崔嵬，攘臂群儒斗酒杯。
听得歌声人尽笑，夜头旗帜晓头催。

大面

黄金面色是其人，手抱珠鞭役鬼神。
疾步徐移呈雅舞，宛如丹凤舞尧春。

束毒

蓬头蓝面异人间，押队来庭学舞鸾。
打鼓冬冬风瑟瑟，南奔北跃也无端。

狻猊

远涉流沙万里来，毛衣破尽着尘埃。
摇头掉尾驯仁德，雄气宁同百兽才。

【注释】

1. 金丸：百戏，可能有杂技动作。
2. 月颠：是讽刺儒生。
3. 大面：古代驱傩。
4. 束毒：跳神性质的假面鼓舞。
5. 狻猊：古代兽面舞。

【赏析】

这组诗收在《三国史记》卷第三十二《祭祀乐》的“乐”部分，是记录新罗乐时提到的。作者崔致远是韩国古代第一大诗人，十二岁入唐留学，十七岁中进士，做过溧水县尉，二十八岁回新罗，成为韩国文学鼻祖，《唐书·艺文志》有其记载。

浣溪沙

李　煜

红日已高三丈透，金炉次第添香兽。红锦地衣随步皱。
佳人舞点金钗溜，酒恶时拈花蕊嗅。别殿遥闻箫鼓奏。

【注释】

1. 三丈透：这里指太阳升起的高度，是虚数。透，透过。

2. 次第：依次。

3. 香兽：以炭屑为末，匀和香料制成各种兽形的燃料。

4. 红锦地衣：红色锦缎制成的地毯。

5. 随步皱：指金锦织成的地衣随人的舞步的移动而打皱，此用以形容舞女舞蹈时红锦地毯随着舞女旋转打皱的情形。

6. 舞点：萧本二主词作“舞急”；吕本二主词作“舞黠”，按照音乐的节拍舞完了一支曲调。

7. 金钗溜：头上的金钗滑落了。

8. 酒恶：指喝酒至微醉。这是当时方言。

9. 箫鼓：箫与鼓，泛指乐奏。

【赏析】

《浣溪沙》，唐代教坊曲名，后用为词牌名。这是五代十国时期南唐后主李煜的作品，主要描写宫中风情旖旎的生活场景，展示了白天里举行的一场宫廷舞会，细致地刻画宫廷舞台富丽堂皇的布置，生动地写出了舞女们轻盈灵动的舞步和妩媚婉转的姿态。

龟兹舞

沈辽亦

龟兹舞，龟兹舞，始自汉时入乐府。
世上虽传此乐名。不只此乐尤传否。
黄扉朱邸昼无事，美人亲寻教坊谱。
衣冠近得画图看，乐器多因西域取。
红绿结裲坐后部，长笛短箫形制古。
鸡娄楷鼓旧所识，饶贝流苏分白羽。
玉颜二女高髻花，孔雀罗衫金画缕。
红靴玉带踏筵出，初惊翔鸾下玄圃。
中有一人奏羯鼓，头如山兮手如雨。
其间曲调杂晋楚，畝词至今传晋语。
须臾曲罢立前庑，叹息平生未尝睹。
青都阆苑昔有梦，寂寞如今在何所。
我家家住江海涯，上国乐事殊未知。
玉颜邀我索题诗，它时有梦与谁期。

【注释】

1. 玄圃：玄圃又称县圃、平圃、元圃，是神话传说中的“黄帝之园”，昆仑山顶的神仙居处、黄帝之下都。玄圃之下有清凉山，四季都刮着清爽的凉风，凡人一旦登上了此山，即可马上成仙而长生不死。

2. 羯鼓：羯鼓是一种出自于外夷的乐器，据说来源于羯族。羯鼓两面蒙皮，腰部细，用公羊皮做鼓皮，因此叫羯鼓。它发出的音主要是古时十二律中阳律第二律一度。古时，龟兹、高昌、疏勒、天竺等地的居民都使用羯鼓。

3. 朱邸：指汉朝时候诸侯王第宅，以朱红漆门，故称朱邸。后泛指贵官府第。

4. 翔鸾：意思是飞鸾。

5. 踏筵：以脚踏地为节拍，当宴歌舞。

【赏析】

龟兹即今天的新疆库车，《龟兹舞》是隋唐时期的著名乐舞，为《十部乐》中的一部。

玉楼春·红绡学舞腰肢软

晏几道

红绡学舞腰肢软。旋织舞衣宫样染。织成云外雁行斜，染作江南春水浅。

露桃宫里随歌管。一曲霓裳红日晚。归来双袖酒成痕，小字香笺无意展。

【注释】

1. 红绡：泛指娇俏的歌舞妓。
2. 宫样：宫中的式样颜色。
3. 歌管：歌声与奏乐。
4. 香笺：加多种香料所制的诗笺或信笺。

【赏析】

这首词描写了一个娇俏的女子学舞，学得腰肢酸软，随后又织纺舞衣，按照皇宫里的模式漂染。歌舞殿里，她伴随着歌声和音乐翩翩起舞，等一场《霓裳羽衣曲》歌舞结束，早已是红日西沉。归来后，疲惫得已没有心思再去展开写在香笺上的蜜语情言。

柳腰轻·英英妙舞腰肢软

柳　永

英英妙舞腰肢软。章台柳、昭阳燕。锦衣冠盖，绮堂筵会，是处千金争选。顾香砌、丝管初调，倚轻风、佩环微颤。

乍入霓裳促遍。逞盈盈、渐催檀板。慢垂霞袖，急趋莲步，进退奇容千变。算何止、倾国倾城，暂回眸、万人肠断。

【注释】

1. 是处：处处。
2. 盈盈：仪态美好。
3. 檀板：檀木所制的拍板。
4. 莲步：这里指舞步。

【赏析】

《柳腰轻》，调见《乐章集》，注中吕宫，因词中有“英英妙舞腰肢软，章台柳，昭阳燕”句，取以为名。此词描写了一名叫英英的舞妓的舞姿之美。作者柳永是北宋著名词人，婉约派创始人物。自称“奉旨填词柳三变”，以毕生精力作词，并以“白衣卿相”自诩，其词多描绘城市风光和歌妓生活，尤长于抒写羁旅行役之情，创作慢词独多，代表作《雨霖铃》《八声甘州》。

咏傀儡

杨　亿

鲍老当筵笑郭郎，笑他舞袖太郎当。
若教鲍老当筵舞，转更郎当舞袖长。

【注释】

1. 鲍老：戏剧中的角色。
2. 郭郎：戏剧中的丑角。
3. 舞袖太郎当：衣服宽大，与身材不符。
4. 转：旋转，舞蹈。

玉楼春·京市舞女

吴文英

茸茸狸帽遮梅额，金蝉罗翦胡衫窄。乘肩争看小腰身，倦态强随闲鼓笛。

问称家住城东陌，欲买千金应不惜。归来困顿殢春眠，犹梦婆娑斜趁拍。

【赏析】

这首词描写了京城的年幼舞女。作者在词中通过对都市舞女的描写，为我们展示了南宋时期的民俗生活画卷，同时也包含了对舞女的怜惜之情。上篇写舞女列队过街的情形。“茸茸狸帽遮梅额，金蝉罗翦胡衫窄”，这是舞女的装束打扮。接着写这些幼女骑在大人肩上，细腰袅娜，但由于疲劳显出倦态，又不得不和着鼓笛的节拍做态。下篇从侧面写幼女舞技，一是少年观众争相问询幼女们家住何处，二是幼女舞技实在精妙，所以词人困倦归来，在梦中还仿佛见到她们婆娑起舞。

踏盘曲

沈辽

湘水东西踏盘去，青烟白雾将军树，
社中饮酒不要钱，乐神打起长腰鼓。
女儿带环着缦布，欢笑捉郎神作主。
明年二月近社时，载酒牵牛看父母。

【赏析】

这首诗描绘了宋代湘西瑶族祭神跳的《长鼓舞》，及青年男女自由选择对象的风俗习惯。

驻马听·舞

白　朴

风髻蟠空，袅娜腰肢温更柔。轻移莲步，汉宫飞燕旧风流。谩催鼍鼓品梁州，鹧鸪飞起春罗袖。锦缠头，刘郎错认风前柳。

【注释】

1. 飞燕：西汉成帝皇后赵飞燕。

2. 鼍（tuó）鼓：用鼍皮蒙的鼓。

3. 梁州：指《梁州》大曲。

4. 刘郎：一般采用刘晨、阮肇天台山遇仙的典故，喻指情郎。

【赏析】

“驻马听”是这首小令的曲牌，主要描写了人体造型的艺术魅力，全曲紧扣舞姿来写，“风髻蟠空，袅娜腰肢温更柔”，从发式和体形点染舞者的精致装饰和天生丽质。“轻移莲步，汉宫飞燕旧风流。谩催鼍鼓品梁州，鹧鸪飞起春罗袖”，则描写舞者了的具体形象。作者白朴是元代文学家、曲作家、杂剧家，与关汉卿、马致远、郑光祖合称为元曲四大家，代表作主要有《唐明皇秋夜梧桐雨》《裴少俊墙头马上》等。

辇下曲

张　昱

西天法曲曼声长，璎珞垂衣称绝装。
大宴殿中歌舞上，华严海会庆君王。
西方舞女即天人，玉手昙花满把青。
舞唱天魔供奉曲，君王常在月宫听。

【注释】

1. 西天：佛教用语，指极乐世界。

2. 璎珞：原为古印度佛像颈间的一种装饰，由世间众宝所成，寓意为无量光明。

【赏析】

《辇下曲》描绘了元代著名的宫廷乐舞《十六天魔舞》。词中法曲是指古代乐曲，东晋南北朝称作法乐，因其用于佛教法会而得名。原为含有外来音乐成分的西域各族音乐，后与汉族的清商乐结合，并逐渐成为隋朝的法曲。其乐器有铙钹、钟、磬、幢箫、琵琶。至唐朝又掺杂道曲而发展至极盛阶段。

驱傩行

李　穑

天地之动何冥冥，有善有恶粉流形。
舞五方鬼踊白泽，吐出回禄吞青萍。
或为桢祥或袄蘖，杂糅岂得人心宁。
金天之精有古月，或青或黄目青荧。
辟除邪恶古有礼，十又二神恒赫灵。
其中老者伛而长，众共惊嗟南极星。
国家大置屏障房，岁岁掌行清内廷。
江南贾客语侏离，进退轻捷风中萤。
黄门赈子声相连，扫去不祥如迅霆。
新罗处容带七宝，花枝压头香露零。
司平有府备巡警，烈士成林皆五丁。
低回长袖舞太平，醉脸烂赤犹未醒。
忠义所激代屏障，毕陈怪诡趋群伶。
黄犬踊碓龙争珠，跄跄百兽如尧庭。

【注释】

1. 蘖（niè）：本意是指被砍去或倒下的树木再生的枝。

2. 伛：驼背。

3. 蹋碓：写动作的词语，表现出人们歌舞娱乐的喜悦之情。

4. 跄跄：形容步履从容有节奏的样子。

舞肩词五首

孔尚任

汾水烟花似汴州，六街好处欲全游。
鸳红最怕春泥涴，暂借郎肩作画楼。
天半飞来唱一声，万人围看似街平。
凌波小步无尘土，踏上双肩侭意行。
一双红袖舞纷纷，软似花枝乱似云。
自是擎身无妙手，肩上掌上有何分。
香尘遮断路东西，人影灯花到处迷。
只有嫦娥能入月，倩人扶上一层梯。
行云送去舞腰身，人看天仙仙看人。
却笑歌台移不动，谁家无脚唱阳春。

【赏析】

孔尚任，孔子六十四代孙，清初诗人、戏曲作家，代表作《桃花扇》，世人将他与《长生殿》作者洪昇并论，称“南洪北孔”。孔尚任在游历山西的时候写过《平阳竹枝词五十首》，《舞肩词》是其中的五首，这些诗词都是以描述山西临汾地方风土人情为主题的竹枝词名作。“竹枝词”初起于民间，明清时期得到空前普及，学人文士多以创作竹枝词咏叹世事，寄托乡思，描绘地方风情和民俗特征，竹枝词于是也成为研究地方文化、社会史、民俗史不可忽视的史料宝库。词中舞肩指一种民间舞蹈形式，女子“暂借郎肩”，男子“肩上”或“擎身”，一面表演，一面“全游”或“六街”。舞肩既是舞蹈，在某种意义上又兼有杂技的性质，在今天社火秧歌中依旧有这种舞蹈。

燕九竹枝词

曹源邺

翠袖花钿新样款，春衫叶叶寻春伴。
袜成微步似凌波，铜街初过春风满。
沉沉绿鬓凝香雾，驻马郊西人似鹜。
画鼓秧歌不绝声，金钗撇下迷归路。

【赏析】

这首词描绘的是一种传统的民间舞蹈形式——竹马灯，孕育于唐代，宋明两代得以发展。一般由一男二女在布糊的马上，拉着缰绳，做着马儿碎步小跑的动作。竹马一般扎成骨架，外面糊纸和布，分前后两截，系在舞者腰上入骑马状。如安徽省铜陵钟鸣竹马灯、安徽省郎溪定昭小马灯、江苏省高淳东坝大马灯、江苏省溧阳蒋塘马灯，表演大多是数种曲调联唱或轮唱，步伐有沿场步、跑跳步、穿花步、梭子步、内外荷花步、剪刀步等，表演者通过动作，模仿马在行进中的动作，如昂首、撅臀、甩尾、趴下、蹦起、撕咬等。

百戏竹枝词·旱船

李振声

罔水行舟古所难，居然一叶下银滩。
无边陆海吾何惧，稳坐鳌鱼背上看。

【赏析】

旱船舞起源于哪一代无从考证，但唐代已有旱船舞，《太平广记》中有记载。旱船一般由竹、木、秫扎成，套在舞者的腰间，像坐船的样子，另有人手拿木桨，两人对舞，似船行水上。《清嘉录》所载：“看残火烛闹元宵，划出旱船忙打招，不放月华侵下界，烟竿火塔又星桥。”《燕京岁月记》载：“跑旱船者，乃村童扮成女子，手架布船，口唱俚歌，意在学游湖而采莲者……凡诸杂技，皆京南人为之。正月最多，至农忙时则舍艺而归耕矣。”农闲时，人们表演旱船取乐，大多男扮女装，载歌载舞。在今天的秧歌社火中，旱船舞也经常可以看到。

百戏竹枝词·霸王鞭

李振声

窄样春衫称细腰，蔚蓝首帕髻云飘。
霸王鞭舞金钱落，恼乱徐州叠断桥。

【赏析】

《百戏竹枝词》是清人李声振记述清代北京及河北地区民间歌舞、杂乐、杂戏等表演情况的竹枝词专集，这首是对霸王鞭的描写。霸王鞭是一种民间社火形式，由于表演者都手持一种名叫“霸王鞭”的道具，故名“霸王鞭”。霸王鞭动作矫健洒脱，节奏流畅，气氛欢快，舞蹈突出鞭的舞动和击打，常见的动作有“吸腿击鞭”“十字步击鞭”“蹲步击鞭”“击腰鞭”“脚踢鞭”等十多种。表演时鞭杆绕身飞舞，铜钱四下作响，让观众目不暇接，成为一种技艺高超的绝招。

百戏竹枝词·大头和尚

李振声

色色空空两洒然，好于面具逗红莲。
大千柳翠寻常见，谁证前身明月禅。

【赏析】

大头和尚，亦称大头舞、跳罗汉、罗汉舞，流行于中国各地。有些地方根据舞蹈内容，又叫《大头和尚戏柳翠》《月明和尚逗柳翠》等，多在节日里或喜庆活动时表演。表演者套着大光头面具，穿着和服、便裤、山袜与和尚鞋，手拿佛珠，扮成出家人模样；或是扮成女姓，穿上旧时大襟镶边衣裤和圆口鞋，手拿芭蕉扇。可以在舞台草地、可以在广场街头、可以在庭院明堂甚至在船舶店铺等场所进行表演。表演时人员可多可少，道具简单，造型滑稽，动作风趣，没有语言，表演夸张，诙谐幽默，逗人发笑，老少皆爱观看，洋溢着一种热闹和欢快的气氛。因此古人又有诗云："即看春柳翠，行出月明多。笑着袈裟舞，轻将袅娜驮。"

百戏竹枝词·狮子滚绣球

李振声

毛羽狻猊碧间金，绣球落处舞嶙峋。
方山寄语休心悸，皮相原来不吼人。

【赏析】

中国的狮子舞是自汉代由西域传入的假形舞蹈。新春之际在霹雳炸响的爆竹声中“舞狮”，成为人们避邪免灾、吉祥纳福的一种形式。狮子舞分为两类：文狮、武狮。文狮子一般是戏耍性的，擅长表演各种风趣喜人的动作，比如挠痒痒、舔毛、抓耳挠腮、打滚、跳跃、戏球等。武狮子则重在耍技巧，比如是踩球、过跷跷板，难的甚至要做武功性的表演，比如走梅花桩这样的高难动作。

燕台竹枝词

何　耳

铁环振响鼓逢逢，跳舞成群岁渐终，
见说太平都有象，衢歌声与壤歌同。

【赏析】

这首词描绘了民间舞蹈形式太平鼓。关于太平鼓的起源有两种说法：一是很早即有，宋代称打断，明代称太平鼓。鼓呈桃形，蒙以羊皮或多层高丽纸；或呈圆形，鼓边缀以绒球。一是源于满族萨满祭祖跳神时用的单鼓，呈椭圆形，蒙以马、驴或羊皮。太平鼓主要流行于北方各地，明清盛行。东北地区叫“单鼓”，安徽淮北地区叫“端贡鼓”“喜鼓子”，甘肃、宁夏、陕西地区叫“羊皮鼓”，带有巫舞性质。舞者左手持鼓，右手拿一鼓鞭，边舞边打。太平鼓的舞姿健康朴实，乡土气息浓郁，演出形式活泼多样，人数不限。击鼓节奏复杂多变，鼓点短促清晰，随着律动，舞者腰间的响铃、鼓鞭上的铁环，铿锵作响，清脆悦耳。

观高跷灯歌

李调元

正月十四坊市开，神村高跷南村来。
锣鼓一声庙门出，观者如堵声如雷。
双枝续足履平地，楚黄州人擅此伎。
般演亦与俳优同，名虽为灯白日至。

【赏析】

这首词描绘了高跷秧歌，这是一种传统民俗活动，一般以舞队形式表演，人数十多人到数十人不等，大多舞者扮演古代神话或历史故事中的角色形象，服饰多模仿戏曲行头，常用道具有扇子、手绢、木棍、刀枪等。表演形式有“踩街”和“撂场”。撂场由舞队集体边舞边走各种队形图案，或两三人表演的“小场”。

龙灯赋

李笠翁

行将飞而上天兮，旦宇宙而不夜。
不则潜而入海兮，照水国以夺犀。

龙灯

姚思勤

灯街人似海，天矫烛龙蟠。
雷虓千声鼓，琉珠一颗丹。
擘天朱鬣怒，照夜火鳞乾。
衔曜终飞去，休同曼衍看。

竹龙

吴锡麟

岂是葛陂化，金鳞闪几重。
笑他骑竹马，又欲舞仙筇。
赤手一群扑，青云何日从。
叶公能好此，宛转叹犹龙。

龙灯

项朝棻

胜会年年举，青龙光早开。
鳌山浮月出，陆地戏珠来。
电激一条火。波翻百而雷。
回头笑鱼鳖，随列上灯台。

【赏析】

龙灯又称龙舞，是一种古老的汉族民俗舞蹈，此诗描写了龙舞的场景，反映了古代汉族人民对龙的崇拜。汉族民间每逢春节、元宵节、灯会、庙会及丰收年，都举行舞龙灯的活动，舞者数人。龙一般用竹、木、纸、布扎成，节数不等，均为单数。其形象按颜色不同，可分为“火龙”“青龙”、“白龙”“黄龙”。

摆手舞

佚　名

千秋铜柱壮边陲，旧姓流传十八司。
相约新年同摆手，看风先到土王祠。
五代兵残铜柱冷，百蛮古风洞民多。
至今野庙年年赛，深巷犹传摆手歌。

【赏析】

土家族历史悠久，文化艺术丰富多彩，摆手舞是土家族普遍流行的一种古老舞蹈，是祭祀“土王”和迎春、庆丰收的歌舞。有时规模很大，多至万人参加，活动的组织者大多是村中的长者或有威望的人。领头人手中执“柳巾”，用五彩布条制成，这也可能是古代《帔舞》（执五彩缯）的遗风。由此可以看出这种舞蹈形成有古远的历史。

满庭芳

陆次云

左抱琵琶，右持琥珀，胡琴中倚秦筝。冰弦忽奏，玉指一时鸣，唱到繁音入破，龟兹曲、尽作边声，倾耳际，忽悲忽喜，忽又恨难平。舞人矜舞态，双瓯分顶，顶上燃灯，更口噙湘竹，击节堪听，旋复回风滚雪，摇绛蜡，故使人惊，哀艳极，色飞心骇，四座不胜情。

【赏析】

《历代旧闻》曾谈到："元有《倒喇》之戏，谓歌也，琵琶、胡琴、筝皆一人弹之，又顶瓷灯起舞。""双瓯分顶，顶上燃灯"的舞人出场，口中噙着湘竹，吹奏节拍，快速地旋转如风卷回雪，头上的燃灯随之摇曳，这种舞蹈和现在流传于内蒙古的《顶碗舞》《筷子舞》《酒盅舞》，以及佛教《灯舞》《珠腊》都有很密切的渊源关系。

大清会典·卷四十二（节选）

武舞曰《扬烈》。《扬烈舞》，戴面具，三十二人，衣黄画布者半，衣黑羊皮者半。跳掷象异兽，骑禺马者八人，介胄弓矢，分两翼上，北面一叩兴，周旋驰逐象八旗，一兽受矢，群兽慑伏象武成。

文舞曰《喜起》。《喜起舞》，大臣二十二人，朝服仪刀入殿三叩，兴，退东位西向立，进舞毕，三叩退，次队继进。

【注释】

《大清会典》：五朝会典是康熙、雍正、乾隆、嘉庆、光绪五个朝代所修会典的总称，史称《大清五朝会典》《大清会典》。它是按行政机构分目，内容包括宗人府，内阁，吏、户、礼、兵、刑、工六部等职能及有关制度。

【赏析】

《扬烈舞》是清代宫廷舞蹈，属庆隆舞一种，源于莽势舞，多于朝廷筵宴时表演。据清史有关记载："乾隆八年奏定：筵宴各项舞各色，莽势总名庆隆舞，内分大小马护为扬烈舞，大臣起舞上寿为喜起舞。"由此可见庆隆舞是满清贵族进关后，把满族民间舞莽势化为宫廷乐舞的一种新的样式。

《喜起舞》是清代宫廷舞蹈，和扬烈舞同属庆隆舞。不同的是《喜起舞》与周代《人舞》一样，是古代“手舞”，《扬烈舞》则与古代《干戚舞》同类。

后　记

汉代傅毅所作的《舞赋》描绘了汉代著名乐舞《盘鼓舞》，大家在惊叹文作之华丽、盘鼓舞之风采时，我却为我的学生惊叹了，当她来到我面前，通篇流利地背诵此文的时候，我很感动也很兴奋。在人们留于舞蹈学生只专注舞蹈表演的印象时，却不知道，大家对古文中记载的舞蹈同样热爱。

这位15级的本科生，叫王远卓。等到了16级，就已经全班能够背诵《舞赋》了。为此，我在心中点了无数次赞，为古人文采、为古人乐舞、为可爱的学生们。和大家一起翩翩练舞一样，坐在教室里，学生们也喜欢一起背诵古诗、古文，从《舞赋》到《观公孙大娘弟子舞剑器行》，从《踏歌行》《长沙九日登东楼观舞》到《胡旋女》《胡腾儿》，每当整齐划一、准确无误的诵读声响起时，那种洋溢在年轻面庞的专注、认真与自信，着实令每一位从教者由衷喜悦。

为了她们，遂有了这本《中华经典乐舞诗词选读》，和以往不同的是，此书倾向于乐舞之“舞”，在“捎带”舞和“专程”描绘舞中，取了后者。在通过乐舞了解古代文化的同时，亦能够用于中国古代舞蹈史与古代乐舞文献选读的教学活动中，让历史以另一种方式“活跃”起来，让人们在阅读与记忆中触摸那颗为中华文化而骄傲的心。

感谢我的学生们，十年的从教有气有笑，但每站在三尺讲台，责任与欢喜油然而升，感谢这一群可爱的舞蹈学生们，谢谢你们！感谢北京人文在线的潘萌先生、范继义老师、编辑老师！感谢线装书局的编辑老师们，谢谢大家！

尽管我们只是一次选读，并未录入所有的古代乐舞诗词，但我相信，这是一个美好的开始。才疏学浅，亦恳请各位读者朋友们斧正！

党允彤

2018 年 1 月于西安